LA GR
GUE
1914-1918

In ricordo di Luciano Tas,
amico affettuoso, sincero e ironico.

La redazione de Il Battello a Vapore

Pubblicato in accordo con Grandi&Associati, Milano

Si ringrazia Angelo Ciardullo
per la collaborazione agli apparati di approfondimento

Mappa storica di: MAZ

Redazione: Veronica Fantini
Progetto grafico e impaginazione: Sara Storari

I Edizione 2007
Nuova Edizione La Grande Guerra 2014

www.battelloavapore.it - www.edizpiemme.it

Anno 2014-2015-2016 Edizione 1 2 3 4 5 6 7 8 9 10

Stampato presso ELCOGRAF S.p.A. - Stabilimento di Cles (TN)

Lia Levi

Cecilia va alla guerra

Introduzione e apparati di approfondimento di
Paolo Colombo

Nota storica di
Luciano Tas

PIEMME

Introduzione
di Paolo Colombo

"Ma dove sei stato? È un secolo che ti aspetto!"
"Accidenti! Mi hanno dato un mucchio di compiti: ci metterò un secolo per farli tutti..."
Se usiamo regolarmente frasi come queste, vuol dire che un secolo è un tempo davvero molto lungo. O almeno questo è quel che ci sembra.

Ma è poi davvero così?

Voi che mi state leggendo avete, mettiamo, all'incirca dieci anni: un secolo è dieci volte la vita che avete vissuto finora. Molto, certo; ma forse, vista così, non tanto quanto vi sembrava prima.

Proviamo a ragionare in termini di generazioni: io che sto scrivendo sono, come potete immaginare, più vecchio di voi. E mia nonna, che a propria volta era ovviamente più vecchia di me, era nata più di un secolo fa e aveva vissuto, da bambina, la Prima Guerra Mondiale.

Probabilmente vale la stessa cosa per qualche vostro bisnonno.

I vostri bisnonni, i vostri nonni, i vostri genitori, voi. Quattro generazioni.

Risalendo quattro generazioni (in alcuni casi, può darsi, cinque) si arriva al 1914, allo scoppio della Prima Guerra Mondiale.

Tutto questo per dirvi che il drammatico momento storico nel quale è ambientato il libro che vi apprestate a leggere, è lontano, ma forse non così tanto quanto potrebbe apparire a prima vista. Cent'anni. Cent'anni esatti dal suo inizio. Appunto, un secolo.

Ma, in ogni caso, perché dovremmo tenere a mente fatti avvenuti cent'anni fa?

Per noi italiani, secondo molti studiosi, la Prima Guerra Mondiale rappresentò - pur nel mezzo di tutti gli orrori che la contraddistinsero - un momento particolarmente importante. Fu in quell'occasione infatti che molti italiani scoprirono di esserlo, italiani.

L'Italia, come nazione unita, esisteva fin dal 1861, quando, a seguito della Seconda Guerra d'Indipendenza, i territori dei diversi Stati regionali che occupavano la penisola erano stati unificati sotto la Corona dei Savoia, dinastia che regnava sul Piemonte.

A quel punto, però, sorse un problema. Avrete sicuramente già sentito la famigerata frase "Fatta l'Italia, bisogna fare gli italiani": la struttura politica per il nuovo Stato, bene o male, fu cioè rapidamente realizzata, ma creare una popolazione omogenea e compatta, dopo tanti secoli di divisione, era tutt'altra faccenda. Ecco, una prima parte di questo obiettivo - al prezzo altissimo di centinaia di migliaia di morti - fu finalmente raggiunto durante la Prima Guerra Mondiale.

In quei lunghi tre anni e mezzo di conflitto, soldati provenienti dalle più diverse parti del Paese si trovarono a combattere fianco a fianco, per lo più in trincea, spesso in condizioni disumane: si parlarono (molte volte a fatica perché ciascuno usava il proprio dialetto e quasi nessuno l'italiano), si conobbero, si aiutarono l'un l'altro, strinsero amicizia, si raccontarono delle loro vite private e dei famigliari a casa, piansero i commilitoni caduti in battaglia.

Allora non c'era la Tv, la radio non era ancora diffusa, la maggior parte della popolazione non viaggiava e trascorreva la propria vita nel luogo in cui era nata, visitando a malapena i dintorni. Moltissimi italiani, in sostanza, neppure conoscevano il resto d'Italia. In quell'occasione terribile, costretti dalla leva militare, cominciarono a farlo, incontrando altri italiani.

Non è un caso che forse l'unico simbolo che accomunerà da lì in poi tutti gli italiani servirà a ricordare proprio la tragica epopea di quella che noi, avendola vinta, chiameremo la Grande Guerra: *i monumenti ai caduti. Ovunque voi siate stati, dalla più grande città al più piccolo paesino, avrete sicuramente trovato una statua, un mausoleo, una lapide, di solito collocata nel centro dell'abitato, ben visibile ogni giorno a tutti i passanti per commemorare coloro che da lì partirono per andare a combattere e che, spesso, non tornarono più.*

"Commemorare" vuol dire "portare memoria tutti insieme". Non esiste praticamente luogo dove non ci sia un monumento ai caduti a ricordarci che non bisogna perdere la memoria di quanto accaduto allora.

Per molti protagonisti di quelle vicende quei monumenti sono stati a lungo il simbolo di una guerra combattuta in prima persona e dei nuovi sentimenti che aveva portato con sé. Oggi, per noi, forse possono significare altro: magari la volontà di non ricadere in simili atroci esperienze.

La Prima Guerra Mondiale non fu una guerra come tutte le altre che l'avevano preceduta. Gli specialisti di storia militare concordano nell'affermare che allora ci si trovò di fronte a un nuovo tipo di guerra, che si sarebbe manifestato al massimo grado nella successiva Seconda Guerra Mondiale (1939-1945): la guerra totale. *Il che non vuol dire (come potrebbe far presupporre l'aggettivo "mondiale") che* tutto il mondo *fu coinvolto. La questione è un'altra, e molti dei suoi aspetti emergeranno in questo libro.*

Semplificando un po' (ma serve a capirsi) si può dire che fino al XIX secolo le guerre si risolvevano in una faccenda piuttosto limitata: un numero tutto sommato ridotto di individui maschi erano chiamati a combattere, le battaglie erano quasi sempre localizzate, in molti luoghi l'eco del conflitto arrivava attenuato. Questo non significa naturalmente che non ci siano state guerre lunghissime e devastanti, ma niente fu paragonabile a quel che avvenne negli anni compresi fra il 1914 e il 1918.

Le società intere dei Paesi coinvolti furono toccate, in ogni loro parte. A tutti fu chiesto, in vario modo, di collaborare. I soldati inviati al fronte furono milioni (e conseguentemente enorme fu il numero di morti, feriti, mutilati e invalidi): questo implicò, per esempio, che in assenza degli uomini, molti compiti furono affidati alle donne, le quali agirono da capifamiglia, lavorarono come operaie, prestarono aiuto negli ospedali, si diedero da fare nella raccolta e nella preparazione degli approvvigionamenti militari. Mostrarono così - seppure, nella maggior parte dei casi, solo per il limitato periodo della durata del conflitto - che erano perfettamente in grado di fare le stesse cose degli uomini: era un fenomeno di dimensioni davvero rivoluzionarie e da quel momento in poi sarebbe stato sempre più difficile chiedere alle donne di limitarsi al ruolo di casalinga, mamma e moglie. Il loro contributo era stato importante, per quanto in forma diversa, tanto quanto quello degli uomini.

È quindi evidente che la Prima Guerra Mondiale venne combattuta, prima ancora che sui campi di battaglia, nelle retrovie, nelle fabbriche, nella società civile, nell'enorme apparato amministrativo necessario a sostenere l'esercito. Fu proprio per questo definita una guerra di logoramento: *non fu infatti vinta o persa grazie a qualche brillante o improvvida manovra strategica o grazie all'eroismo di alcuni soldati, ma in base alla capacità degli Stati impegnati di fornire sempre nuove e valide risorse per sostituire quelle distrutte dal conflitto: forze fresche, munizioni, divise, rifornimenti, carburante, mezzi, vettovaglie, armi sempre più efficienti ed evolute. Divenne presto chiaro che avrebbe vinto chi sarebbe riuscito a resistere poco di più degli avversari e avrebbe perso chi avrebbe ceduto anche solo poco prima.*

E in questo terribile braccio di ferro la tecnologia cominciò a giocare un ruolo fondamentale. Vennero introdotte o iniziarono a trovare piena applicazione nuove armi: carri armati, gas, mitragliatrici, bombe a mano, mine, sottomarini, aeroplani. L'artiglieria sviluppò una potenza di fuoco mai vista prima: si poteva colpire a molti chilometri di distanza, con effetti devastanti. Interi villaggi furono letteralmente spazzati via. Morirono, di conseguenza, anche moltissimi civili.

Lo dicevamo all'inizio: prese il via un'epoca di guerre enormemente più distruttive, più coinvolgenti, in grado di impiegare armi immensamente più raffinate e micidiali.

Uno dei motivi per i quali ha senso studiare la storia è rendersi conto dei momenti di cambiamento, dei passaggi che modificano in maniera decisiva il modo di vivere, e di morire, degli uomini.

Da quel momento - dalla Prima Guerra Mondiale - in poi moltissime cose cambiarono. Niente, si potrebbe dire, sarebbe stato più uguale a prima.

E non vi sembra questa una buona ragione per conservarne la memoria?

ISLANDA
N
O
E
S
NORVEGIA
SVEZIA
DANIMARCA
Irlanda
REGNO UNITO
OCEANO ATLANTICO
PAESI BASSI
BELGIO
GERMANIA
AUSTRIA UNGHERIA
Austria
SVIZZERA
FRANCIA
ITALIA
SPAGNA
PORTOGALLO
MAR MEDITERRANEO
AFRICA

L'Europa della Grande Guerra
PAESI NEL 1914
Paesi nel 1919
Confini nel 1914
Confini nel 1919
Stati neutrali
Blocco degli Imperi Centrali
Blocco dell'Intesa
Finlandia
Estonia
Lettonia
Lituania
Polonia
IMPERO RUSSO
Unione Sovietica
MAR CASPIO
Ungheria
ROMANIA
MAR NERO
SERBIA
BULGARIA
GRECIA
IMPERO OTTOMANO
Turchia

In memoria di mio nonno Alberto Levi,
tenente colonnello del Genio,
caduto durante la Prima Guerra Mondiale
a Caporetto nel 1917.

Nota per il lettore

Il romanzo è approfondito da un ricco apparato di notizie e curiosità, accompagnato dalle seguenti icone:

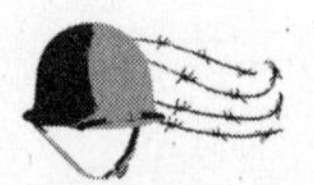

Esercito e vita militare

Cultura e idee

Personaggi ed eventi storici

Luoghi e battaglie

Politica e società

Prima parte

2 maggio 1915

Oggi la signora Maestra ha spiegato che la cosa più bella che possa capitare a un uomo nella vita è diventare un eroe.

Un eroe è ancora di più che un santo, perché per essere santi ci vuole l'aiuto di Dio, mentre un eroe può fare tutto da solo e di Dio ha bisogno solo per restare vivo.

Ha detto la Maestra, però, che per diventare eroi ci vuole la guerra, altrimenti un eroe non ha modo di farsi valere.

Io volevo ricordare alla Maestra che una volta il figlio del Pinin ha salvato un bambino che stava per affogare nel fiume e che, anche se la guerra non c'entrava per niente, Luigi (così si chiama il figlio del Pinin) era stato dichiarato lo stesso un eroe. L'aveva detto anche il signor Sindaco, che voleva dargli la medaglia al valor civile ma poi se n'era dimenticato. Forse perché il figlio del Pinin era un contadino come il padre e magari non sarebbe stato capace di dire "grazie" e si sarebbe confuso, e così, più che un premio, la medaglia gli sarebbe sembrata una penitenza.

Volevo raccontare tutta questa storia alla signora Maestra e ho anche alzato la mano, ma lei mi ha detto: – Zitta Ferrari, tu disturbi sempre!

Quando sono arrivata a casa, ho aspettato l'ora di cena e ho riferito tutto quello che ci aveva spiegato la Maestra. Papà ha detto subito: – Gli eroi non si trovano solo in guerra. Se per esempio uno salva un bambino da un fiume...

– È quello che ho pensato anch'io! – e dall'entusiasmo ho gridato forse un po' troppo forte.

– Potevi farlo notare alla Maestra! – ha proseguito papà dopo avermi lanciato un'occhiataccia, appunto perché avevo parlato a voce troppo alta durante la cena.

Gli ho raccontato che la Maestra non mi aveva voluto ascoltare, e lui si è messo a ridacchiare, sussurrando alla mamma parole che non riuscivo a sentire. Non ho capito se stava prendendo in giro la Maestra, oppure me.

Papà dopo un po' si è rifatto serio. – La guerra è nell'aria – ha mormorato – e la tua Maestra certamente è fra quelli che vorrebbero che l'Italia si spicciasse un po' a decidere. È per questo che ha parlato di eroi.

– E tu, papà? – ho provato a chiedergli. – Tu cosa pensi della guerra?

Papà ci ha pensato un po' e poi mi ha spiegato che l'Italia non poteva più stare a guardare le altre nazioni che combattevano con tanto impegno, e tutto sommato anche lui era del parere che ormai era l'ora di decidersi.

La mamma ha alzato gli occhi al cielo. – Per carità, – ha esclamato – la guerra porta tanto disordine! –. Poi si è guardata attorno spaventata, come se già potesse mancare qualcosa sulla tavola o, peggio, qualcuno avesse messo la forchetta appoggiata per storto.

Nel frattempo è entrata Antonietta, in mano l'immancabile piatto di arrosto, con le patate a destra e gli spinaci a sinistra.

Antonietta sa benissimo che io odio gli spinaci, e lo fa apposta a mettermeli nel piatto quando papà sta guardando dalla mia parte.

– La guerra! – ha cominciato subito a strillare Antonietta. – Non ci manca che questo! E pareva che ne eravamo rimasti fuori... Quei poveri ragazzi di campagna che ci vanno di mezzo per primi...

– Cosa c'entrano i ragazzi di campagna! – ha risposto

papà molto seccato. – La guerra la fanno tutti, popolo e signori. E i signori fanno la loro parte, e anche di più!

Papà non sopporta che Antonietta s'immischi nei nostri discorsi, specie quando siamo a tavola, ma non c'è niente da fare. Un tempo Antonietta era la tata della mamma, e ora è lei che guida la casa e comanda su tutto.

Contro Antonietta la mamma non permette che si dica neanche una parola.

E che Antonietta comandi su tutto, alla mamma va bene, così lei ha più tempo per cantare.

La mamma da giovane voleva fare il soprano ed esibirsi su un vero palcoscenico, ma quando ha conosciuto papà, lui le ha detto, porgendole una rosa: «D'ora in avanti canterai solo per me» e lei ha accettato, tutta contenta.

Ora fa gli esercizi di canto tutti i giorni, per due ore, e in quelle ore

Dei quasi 6 milioni di soldati italiani mobilitati durante la guerra, i contadini sono all'incirca la metà: condizione normale per un Paese all'epoca ancora principalmente rurale. Nel 1911 l'agricoltura dà lavoro al 58,2% della popolazione attiva maschile. Il calcolo del numero complessivo delle vittime italiane nel primo conflitto mondiale varia fra le 578 e le oltre 650.000 unità. Circa il 60% del totale è composto proprio da contadini (arruolati con la promessa di nuove terre), impiegati soprattutto in fanteria.

non possiamo correre e tanto meno gridare. Poi ogni due settimane, il giovedì, i miei genitori invitano tutti gli amici e i vicini e la mamma tiene un concerto. Oltre alla musica ci sono molti bei vestiti e dolci squisiti.

È Antonietta, come dicevo, a guidare la casa. Ogni tanto papà, fingendo gentilezza (io lo conosco, so che finge), le dice: – Facci servire a tavola dalla Bastianina, tu ti stanchi troppo a fare su e giù – ma Antonietta non ci pensa neanche e dice che Bastianina è troppo maldestra e chissà quanti pasticci riuscirebbe a combinare.

La verità è che Antonietta va pazza per sentire i nostri discorsi, e più di tutto per poter dire la sua.

Bastianina, figlia di un contadino che vive nella nostra campagna, non apre mai bocca. Da quando è a servizio da noi sa che deve dire sempre "sì" ad Antonietta e prendere gli ordini da lei. Come del resto facciamo tutti.

Mi sembra che la Bastianina non sia molto brava. Una volta l'ho vista guardarsi nella specchiera della mamma e spruzzarsi addosso un po' del suo profumo. Però non l'ho detto a nessuno, nemmeno ad Antonietta, se no chissà quanto l'avrebbe sgridata.

Tornando alla sera di quella nostra cena, eravamo al punto in cui Antonietta stava parlando contro la guerra e papà si stava arrabbiando sempre di più.

– Nella vita non esistono solo le patate! – ha esclamato. – Esistono anche gli ideali!

Antonietta ha chiesto: – Cosa sarebbero gli ideali?

Papà si è irritato ancora di più e le ha risposto spazientito: – Se non sai nemmeno cos'è un ideale, non vale la pena che te lo spieghi.

– Forse lo sa Cecilia cos'è un ideale – si è intromessa scherzosa la mamma per distogliere l'attenzione da Antonietta. – Lo sai tu, Cecilia, che cos'è un ideale?

Cecilia, si sarà capito, sono io.

– Be' – ho balbettato per paura di sbagliare – forse... forse... la patria!

E papà dev'essere stato contento, perché ha finalmente sorriso. Per fortuna subito dopo è venuta mia sorella piccola a darci la buonanotte.

Mia sorella piccola si chiama Emanuela e mangia ancora in cucina perché deve andare a letto presto. Il prossimo anno entrerà alle elementari anche lei e smetterà di fare la pupattola. Tutti la viziano in modo indecente, ma è solo perché ai grandi piace avere un giocattolo da vezzeggiare. Mica si rendono conto che in questo modo il "giocattolo" diventa odioso a chi non è il suo genitore o la sua tata.

Comunque Emanuela non è stupida e ha capito benissimo che con me le smancerie non attaccano, così si è abbastanza adeguata. Devo dire, anzi, che al di là delle smorfie cui si sente obbligata, è abbastanza simpatica, anche se non mi sembra proprio niente di speciale.

Fra parentesi. Ho anche un fratello di nome Giancarlo che ormai è al Regio Ginnasio, e siccome nella nostra cittadina il ginnasio per ora non c'è, vive a Udine a casa delle "ziette".

Le "ziette" sono due sorelle e non sono propriamente nostre zie, ma zie di papà e perciò "prozie". Di loro c'è molto da raccontare, ma lo farò un'altra volta.

Mio fratello Giancarlo lo vediamo tutti i sabati pomeriggio perché le ziette lo rimandano da noi con la carrozza. Il lunedì mattina all'alba il nostro fattore lo riaccompagna direttamente alla scuola di Udine. Così, almeno per un giorno e mezzo alla settimana, oltre che l'estate, mio fratello resta con noi.

Lui sì è veramente antipatico, non come la povera Emanuela, che non è colpa sua. Mio fratello Giancarlo si dà un mucchio di arie perché fa il ginnasio e vive in una grande città. Figuriamoci! Io a casa delle ziette non ci starei neanche dipinta, altro che vantarmene!

Lo so, il prossimo anno dovrò andare anch'io al ginnasio, sempre se passerò l'esame, ma dalle ziette sento che non ci capiterò.

Gira voce che si stia per aprire un Regio Liceo-Ginnasio a Moedis, e da noi sono davvero pochi chilometri, così potrò restare a casa. Spero che il progetto si realizzi, e siccome dicono che sono fortunata, sarà così.

C'è anche un altro motivo per cui non voglio andare via da qui, ma questo lo racconterò la prossima volta.

7 maggio 1915

Oggi a scuola è successa una cosa meravigliosa. Così tanto meravigliosa che non l'avrei neanche pensata in sogno.

Prima però devo fare un passo indietro, altrimenti mi troverò a parlare di persone che non ho mai nominato, e quindi del tutto sconosciute.

Avevo scritto qualche giorno fa che non vorrei mai lasciare la mia casa, cosa che invece è successa a mio fratello. Come ho già detto, mio fratello Giancarlo per studiare è costretto ad abitare nella casa delle ziette a Udine, e io detesto la casa delle ziette (poi racconterò anche di questo). Ma, ziette a parte, e a parte che la mia casa mi piace perché papà quando non è arrabbiato scherza e sa farmi ridere, e la mamma quando non canta si ricorda persino del mio nome, e mia sorella quando non fa la smorfiosa è persino simpatica, a parte tutto questo, dicevo, io, per non volermene andare a Udine, ho un motivo segreto in più.

Io qui ho un amico. Anzi, un grandissimo amico, e gli voglio così bene che forse quando sarò più grande diventerò la sua innamorata. Il mio amico si chiama Marco Zanin ed è il figlio del nostro fattore, Andrea Zanin.

Marco ha nove mesi più di me e quindi frequenta la mia stessa classe nella stessa scuola, anche se naturalmente io sono nella sezione femminile e lui in quella maschile. Per il resto siamo abituati a giocare e chiacchierare insieme fin da quando eravamo piccolissimi.

Antonietta, ora che siamo un po' cresciuti, mi fa un mucchio di storie: – Non sta bene che giochi sempre con un maschio, trovati un'amica – continua a brontolare, ma io sono più furba di lei e ora ho imparato a risponderle con aria innocente. – Non gioco mica solo con Marco, la mia vera amica è sua sorella.

La sorella di Marco si chiama Cesarina, ha un anno e due mesi meno di me e quindi non mi passerebbe mai per la mente di considerarla mia amica. In più ha i denti all'infuori che la fanno assomigliare a un coniglio, e io non ho l'abitudine di divertirmi con i conigli o altri animali da cortile.

Comunque un po' è vero. Non giochiamo mica

da soli, io e Marco. Quasi sempre facciamo banda con i figli dei contadini che vivono nei poderi della nostra campagna e devo dire che riusciamo sempre a divertirci davvero.

Davanti alla nostra casa c'è un giardino con noiosissimi fiori e vialetti, e in mezzo ai fiori ci si gioca proprio scomodi. Per questo scegliamo sempre di andare a correre davanti all'aia di Marco e Cesarina.

Quando mi vede sfrecciare via, Antonietta tira fuori per un minuto la sua faccia storta, ma non fa in tempo a dirmi niente perché io sono già sparita dalla vista.

In questo periodo stiamo giocando alla guerra e fingiamo di liberare Trento e Trieste, ma non troviamo mai nessuno che voglia fare gli austriaci. Perciò obblighiamo i bambini più piccoli e io, per far numero, certe volte corro a prendere mia sorella Emanuela.

Emanuela quasi sempre mi brontola tutta immusonita e trascinando i piedi: – Non voglio fare l'austriaca – ma le rispondo che per fare gli italiani bisogna crescere ancora un po'. Di solito alla fine si lascia convincere.

Ci divertiamo abbastanza, anche se tutto sommato a sconfiggere i bambini più piccoli non c'è molto sugo.

Poi, quando finisce il gioco, io e Marco andiamo a fare una passeggiata da soli, per chiacchierare un po' fra noi.

La legge Orlando del 1904 prevede che l'accesso alla scuola secondaria avvenga alla fine della quarta elementare dopo aver superato un "esame di maturità". Chi non intende proseguire gli studi ha davanti un ulteriore biennio obbligatorio, il cosiddetto "corso popolare".

Con la Riforma Gentile del 1923 le classi elementari diventeranno cinque e per passare al ginnasio si dovrà superare, prima di quello di ammissione, l'esame per conseguire il "certificato di compimento" degli studi elementari.

C'è un sentiero che ci piace moltissimo perché da un lato ha un bosco con alberi fitti fitti e dall'altro una campagna che più vuota e piatta di così non si potrebbe immaginare.

Noi quel sentiero lo chiamiamo "il sentiero Battista", perché Battista è uno del paese che ha una testa curiosa, mezza con tanti capelli e mezza completamente calva.

Bene, parliamo sempre molto, ma di "quella cosa" non mi ha detto niente. E così oggi in classe è stata una vera sorpresa.

Io (e anche Marco) faccio la quarta elementare e nella classe c'è chi la finisce lì, e chi invece seguiterà gli studi e quindi dovrà fare quello che si chiama in modo solenne "esame di maturità".

A un certo punto è entrato in classe il signor Direttore, insieme a una Maestra che non conosco, e ha detto: – Alzi la mano chi dovrà fare l'esame.

Io l'ho alzata insieme con altre sette bambine, ma tanto il Direttore lo sapeva già, perché da molti mesi aveva parlato con le nostre famiglie.

Il Direttore ci ha spiegato che la scuola ha preso l'iniziativa di farci preparare all'esame con un'ora di lezione in più ogni giorno e ci ha detto di prendere i nostri libri e di trasferirci con lui in un'altra aula. Lì avremmo trovato anche gli altri che come noi dovranno preparare l'esame per poi entrare al ginnasio.

Ed eccoci alla scena madre. Entrando, chi vedo già tranquillamente seduto a un banco, sicché il mio cuore dalla sorpresa ha fatto una vera capriola? Marco, naturalmente, si sarà già capito.

Lui pure, dunque, verrà al ginnasio. Non me lo aveva mai detto.

Persino dopo un po' che mi ero seduta nell'aula non la smettevo di stupirmi, anche perché Marco ha un fratello più grande di nome Giustino, che lavora da un fornaio e non se lo è nemmeno sognato di seguitare gli studi.

Mentre eravamo nella nuova classe e la Maestra che aveva accompagnato il Direttore era lì a spiegarci tutto quello che avremmo dovuto preparare, io non ascoltavo molto e guardavo solo Marco, cercando di fargli delle domande con gli occhi, ma lui sorrideva ed evitava il mio sguardo.

Solo uscendo ho potuto afferrarlo per un braccio, e gli ho quasi gridato: – Ma perché non me lo hai detto!?

E lui mi ha risposto: – Volevo farti una sorpresa.

Altro che sorpresa! Chi se lo immaginava che il figlio del nostro fattore volesse continuare gli studi, magari fino al liceo o addirittura all'università!

– Voglio diventare avvocato come tuo padre – mi ha detto Marco, come se mi avesse letto nel pensiero quando nel pomeriggio ci siamo incontrati al "sentiero Battista", e io ho pensato che sì, mio padre avvocato lo è, però l'avvocato non lo fa quasi per niente, dato che si occupa tutto il giorno di amministrare la nostra campagna e anche il podere delle ziette che si trova un bel po' lontano, nelle vicinanze di Verona. Comunque questo non vale per Marco, perché suo padre è solo il nostro fattore e in più ha altri quattro figli.

Secondo il dettato della legge Orlando (confermato dalla legge Daneo-Credaro del 1911) l'istruzione è obbligatoria e gratuita fino ai dodici anni. Le scuole secondarie sono invece a pagamento: ciò impedisce alle famiglie meno abbienti di iscrivervi i propri figli. Nel 1904 per l'ammissione all'esame di maturità si devono versare 15 £ e l'iscrizione alle classi di licei e ginnasi aumenta di 8 £. A quella data, per fare un confronto, 1 kg di pane costa circa 0,38 £ (0,48 £ nel 1915) e 1 l di latte 0,27 £ (0,35 £ nel 1915).

D'altra parte devo dire che Marco è veramente bravissimo a scuola, non come me che più che altro mi arrangio. Marco è l'unico della scuola che la celebre frase di quando Giulio Cesare ha varcato il Rubicone - "il dado è tratto", con quel che segue - l'ha imparata direttamente in latino.

"Alea iacta est!" Marco la grida anche quando giochiamo alla guerra, e forse è proprio questo che impressiona tanto i bambini più piccoli e li fa perdere ogni volta.

Marco sarà con me almeno per tutto il ginnasio, qualsiasi cosa succeda! Anche se non riuscissero ad aprire per tempo il Liceo-Ginnasio a Moedis e per disavventura venissi catapultata a Udine, non sarei più tanto triste. Lo vedrei comunque ogni mattina.

Ecco come si può smettere di preoccuparsi e diventare felici in meno di mezz'ora.

La sera a tavola non vedevo l'ora di comunicare la notizia, ma quando ho cominciato a raccontare, papà mi ha detto tranquillamente che lo sapeva già perché ne aveva parlato con il fattore Andrea Zanin, cioè il padre di Marco. Lo sapeva già e non mi aveva detto niente! E poi si dice che i padri comprendono i sentimenti dei figli!

Mamma invece ha alzato gli occhi al cielo e ha detto: – Ma non ci libereremo mai di quel ragazzo! –

e ha subito aggiunto: – Perché non inviti qualche pomeriggio una tua compagna di scuola? Una di quelle di cui frequentiamo la famiglia...

In quel momento stava entrando Antonietta, che tutta animata si preparava a metterci il suo bel carico, ma per fortuna hanno suonato alla porta.

– A quest'ora! – si sono stupiti mamma e papà. Nel frattempo è arrivata trafelata Bastianina per dire che in anticamera c'era un uomo dell'ufficio postale con un telegramma.

– Oh Dio! –. Già la mamma si apprestava a sentirsi male, ma quando papà è entrato con il telegramma aperto è stato ancora peggio.

Urge tua presenza per grave questione riguardante tuo figlio Giancarlo stop escluse questioni salute.

Il telegramma arrivava da Udine ed era firmato Giacinta e Rosina, che sono i nomi delle ziette.

– Escluse questioni salute! – ha urlato papà per impedire che la mamma si abbandonasse a uno svenimento, o peggio si lanciasse in una scena tipo teatro.

– Partirò domattina con il treno dell'alba – ha detto papà e, per fortuna, delle mie amicizie reali o immaginarie non si è parlato più.

8 maggio 1915

Non posso descrivere con quanta ansia stiamo trascorrendo la giornata in attesa del ritorno di papà, che finalmente ci racconterà che cosa è successo di tanto grave a Udine o meglio, non a Udine come città, ma a mio fratello, che risponde al nome di Giancarlo.

A essere sinceri è la mamma ad agitarsi, del tutto fuori di sé! Io più che altro muoio di curiosità. Forse sono malvagia e quindi colpevole, ma se scruto dentro di me devo confermarlo: è la curiosità l'unico sentimento che mi tiene compagnia.

Mentre siamo tutti ad aspettare posso finalmente raccontare qualcosa della casa delle ziette, perché è tanto che volevo farlo e anche perché, chissà, può darsi che c'entri qualcosa con quello che ora è capitato a Giancarlo.

Credo che le ziette siano convinte che il peggiore

nemico dell'uomo sia la luce solare, e così ogni finestra della loro casa è accuratamente schermata non da una, ma da due spesse tende di velluto di colore contrastante.

Muoversi nei loro salottini ingombri di mobili e soprammobili è una vera avventura e anche una bella sperimentazione di quanto debbano soffrire le povere bambine cieche (e spesso anche orfanelle).

In tanto buio ovattato viene naturale di parlare a voce bassa come in chiesa, e forse è proprio quello che vogliono le zie.

Papà è cresciuto lì perché i suoi genitori sono morti quando era piccolo, e siccome credo che le ziette siano state molto buone con lui, mio padre non vede nessun difetto in loro, né nella loro casa. E guai a parlare male di zia Giacinta e di zia Rosina!

Il sogno di papà è di portarci sempre da loro, ma purtroppo questo non è esattamente il nostro sogno. Anche la mamma, quando papà ci trascina dalle zie, sbadiglia e fa il viso lungo.

In più la zia Giacinta e la zia Rosina hanno due donne di servizio che, per un caso curioso, sono due sorelle.

Bene, queste due sorelle-donne di servizio non fanno altro che litigare fra loro, lanciandosi tali improperi che sembra di essere perennemente nella piazza del mercato.

È questo il motivo per cui Antonietta non vuole mai venire con noi quando andiamo a casa delle zie per qualche festa o ricorrenza.

– Non ho voglia di sentire tutti quei litigi – brontola, e lei sa anche il motivo di tutto questo trambusto.

Dice Antonietta che Maria e Teresa, sono questi i nomi delle due donne, sono ognuna al servizio di una delle zie e litigano al posto loro!

Proprio così. La zia Giacinta e la zia Rosina sono troppo educate per questionare e così si fanno "rappresentare", e fanno scontrare a "cani e gatti", le loro fidate donne di servizio.

Io non ho mai sentito una cosa simile e la trovo veramente buffa. Quando ho chiesto a papà se era vero, lui ha sorriso e mi ha risposto: – In un certo senso – e la mamma ha riso più forte di lui.

Come dicevo, la mamma non ne vuole mai sapere di andare dalle ziette. Per forza, lei non è orfana e i genitori (che poi sarebbero i miei nonni) ce li ha.

Io però questi unici nonni li ho visti pochissime volte, perché vivono a Milano e la campagna non gli piace. Ci mandiamo comunque delle lettere e dei regali per Natale. La mamma li va a trovare una volta l'anno e mi ha promesso che quando compirò dieci anni, e cioè fra poco, comincerà a portarmi con sé.

Non ne sono molto sicura, però, perché papà di questa promessa non sembra affatto contento. Secondo me non va tanto d'accordo con i genitori della mamma. Credo che loro avrebbero preferito vederla diventare una vera cantante, e che ci siano rimasti male quando la mamma ha sposato papà e l'ha seguito per venire a vivere qui, a Castelforte Veneto.

Come sempre succede, quando uno ce l'ha con te, va a finire che anche tu ce l'hai con lui, e così papà non mi sembra per niente affettuoso con i miei nonni.

Comunque torniamo a noi. Ho solo ingannato il tempo nell'attesa che papà rientri con le notizie e, più passano le ore, più ci stiamo tutti innervosendo.

Sera tardi

Non potevo raccontarlo domani. Lo devo dire subito quello che è successo. Papà è tornato e con nostra grande meraviglia Giancarlo era con lui.

Con un gesto, papà ci ha impedito di correre incontro a nostro fratello e ha bloccato anche la mamma, che giustamente voleva abbracciare suo figlio.

– Giancarlo è stato sospeso da scuola per cinque giorni, – ci ha detto con faccia cupa – quindi non c'è niente da festeggiare. Se ne andrà direttamente in camera sua e lì resterà per tutto il tempo. I pasti gli saranno portati di sopra.

– Cosa ha fatto? Co... cos'è successo? – balbettava la mamma ma papà, prima di rispondere, ha preferito aspettare che Giancarlo fosse sparito dalla nostra vista.

– Il signorino è stato fermato in piazza dalle guardie insieme ad altri scalmanati. In maggioranza erano ragazzi grandi, giovani del liceo, dell'università, e così hanno saputo dileguarsi rapidamente e non si sono fatti prendere. Ma lui no, lui vuole fare l'eroe a tredici anni e si è lasciato acchiappare come un allocco. Giancarlo e quegli scimuniti dei suoi due amici inseparabili, insieme a pochi altri...

– Fermato dalla polizia? Ma come? Ma perché? – continuava ad annaspare la mamma.

– Sono andati a dimostrare per la guerra, per Trento e Trieste, le terre irredente e tutte quelle storie lì.

Ah, la guerra! Insomma, tanto per capirci, il fatto è che Trento e Trieste sono città italiane che invece sono sotto l'Austria e così anche altre terre irredente, cioè non ancora liberate. Per questo molti, qui da noi, vorrebbero che l'Italia le conquistasse facendo la guerra all'Austria. È semplice, no?

A partire dal 1866 prende piede in Italia il movimento irredentista, così chiamato per la volontà che esprime di completare l'unificazione nazionale annettendo al territorio dello Stato italiano le terre "irredente" di lingua e cultura italiana ma di dominazione austro-ungarica come Trentino, Alto Adige, Venezia Giulia. A fine XIX secolo si pone in contrapposizione con l'orientamento della Sinistra storica e del presidente del Consiglio Francesco Crispi, strenuo difensore della Triplice Alleanza.

Papà ci ha spiegato che a Udine quel giorno c'era una gran confusione, con una marea di studenti di tutte le scuole, ma che Giancarlo e i suoi due amici erano stati gli unici del ginnasio a correre dietro al corteo.

– Che male c'è? – ha ribattuto subito la mamma. – Anche tu mi sembra che sei abbastanza favorevole alla guerra.

– C'è – ha tuonato papà – che il governo ha tassativamente proibito tutte le manifestazioni, quelle degli interventisti e quelle di chi la guerra non la vuole. E la gente come me obbedisce al governo, qualunque siano le idee, che si devono discutere in privato, perché una cosa sono le idee e un'altra i disordini di piazza. Ma lo sai che è stata persino rotta una vetrina?

Gli "interventisti", da quello che ho capito, vogliono appunto che l'Italia entri in guerra.

E allora? Allora anche la mia Maestra è "interventista" e ci fa sempre leggere intere pagine de *La Rivista dei Ragazzi*, dove c'è scritto che noi bambini dobbiamo chiedere ai nostri fratelli maggiori di liberare i bambini di Trieste, che sono i nostri piccoli amici.

Io, questi bambini di Trieste, in verità non li conosco, e non so quindi come possano essere amici miei, ma se lo dice la Maestra sarà giusto così. Comunque, anche se la Maestra ci fa tutti questi discorsi sulla guerra, le guardie mica l'hanno messa in prigione come hanno fatto con mio fratello!

– Tuo fratello! – mi ha quasi urlato papà, anche se questa cosa della Maestra io non gliel'avevo detta, ma soltanto pensata. – Tuo fratello è corso via in orario di scuola, e quindi è risultato "assente ingiustificato"! E poi la vergogna di dovermi presentare

Fin dall'agosto 1914, con una pubblica circolare, il governo avverte i prefetti del Regno che, in seguito alla dichiarazione di neutralità dell'Italia dopo lo scoppio della guerra, le pubbliche riunioni e i comizi che abbiano per scopo manifestazioni favorevoli all'una o all'altra parte in conflitto sono tassativamente proibiti.

Il 26 febbraio 1915 il presidente del Consiglio Antonio Salandra ribadisce la volontà di rendere effettivo il divieto per evitare ogni tipo di turbativa dell'ordine pubblico.

Fra 1914 e 1915 si sviluppa in Italia il movimento interventista, favorevole all'entrata del nostro Paese in un conflitto presentato come la Quarta Guerra d'Indipendenza, destinata a portare a conclusione il Risorgimento. Raccogliendo consensi trasversali, seppure minoritari, tra democratici e irredentisti, nazionalisti e socialisti rivoluzionari, e persino tra i cattolici, l'interventismo ricopre un ruolo fondamentale nell'ingresso italiano in guerra contro il volere della maggioranza parlamentare.

dal Delegato a proposito di un figlio! Io, questa scena, non la dimenticherò mai più in tutta la mia vita.

A pensarci bene, però, io non riuscivo a trovare tanto grave quello che aveva fatto Giancarlo. Sono in tanti a gridare perché vogliono che l'Italia si decida a entrare in guerra come gli altri Paesi, e uno più o uno meno... E poi, se Giancarlo vuole fare anche lui la guerra e diventare un eroe, ne avrà pure diritto, no?

Come al solito si è intromessa Antonietta, a ripetere la sua solfa che i signorini vogliono la guerra e poi a combattere ci vanno i poveri cristi. Papà allora si è di nuovo arrabbiato e Antonietta ha messo il muso.

Come finale, la cena a Giancarlo, Antonietta l'ha fatta portare da Bastianina.

Quando mamma e papà si sono finalmente ritirati a leggere in salotto, io sono salita per le scale in punta di piedi e sono entrata silenziosamente nella camera di Giancarlo, che per fortuna non era chiusa a chiave.

Papà è molto sicuro di sé e confida sempre che i suoi ordini saranno eseguiti. Mio fratello non mi è tanto simpatico, ma non fino al punto di abbandonarlo al suo destino una volta che è prigioniero.

– Ah, sei tu? – mi ha interpellato lui, con aria un po' spavalda e strafottente. Poi, quando gli ho chiesto di raccontarmi della manifestazione, si è accorto che ero dalla sua parte ed è diventato più gentile. Mi ha fatto un racconto molto animato e pieno di particolari, e alla fine mi ha fatto ridere. Ha riso anche lui, così ho capito che della punizione di papà non era per niente afflitto.

Così, parlando parlando, gli ho finalmente chiesto come faccia a

Anche i più piccoli hanno nei primi anni del Novecento riviste e periodici loro dedicati. In particolare, *La Rivista dei Ragazzi* nasce a Forlì nel 1912, inizialmente con il nome de *Il Romanzo dei Piccoli*: cambierà denominazione a partire dal 1915. Frutto del sodalizio tra Antonio Beltramelli e Francesco Nonni, il periodico è interamente decorato con xilografie a colori, fregi, testatine e tavole fuori testo che ne fanno ancora oggi un prodotto editoriale di pregiata qualità grafica e di stampa.

trovarsi tanto bene in quel mortorio della casa delle zie, e lui mi ha confessato che le zie lui se le rigira a piacimento, raccontando un mucchio di bugie che loro regolarmente si bevono. A casa con papà non gli riuscirebbe così facile.

Così Giancarlo dice alle zie che va a studiare dagli amici e invece gironzola per la città. Si è persino inventato un amico prete che a suo dire sarebbe un vero, personale padre spirituale. Giancarlo si finge pieno di dubbi e pentimenti, per cui gli diventa improvvisamente urgente correre a cercare il prete a qualsiasi ora, e così via... altre uscite a precipizio.

– Mai stato così libero! – ha declamato entusiasta. – Le zie non si muovono mai da casa ed è facilissimo infinocchiarle.

– Per te non sarà così! – se ne è uscito poi all'improvviso, dopo un attimo di silenzio, tirando di nuovo fuori la sua faccia più antipatica e maligna. – Non crederai che una femmina la facciano uscire da sola! Avrai sempre con te Maria o Teresa...

– Marameo! – gli ho gridato. – Io a Udine non ci vado! Apriranno un Liceo-Ginnasio a Moedis e io farò su e giù restando a vivere a casa! Anzi, – ho detto dopo un po', perché se mi ci metto anch'io sono capace di fare uscire dal sacco una bella dose di malignità – vedrai che iscriveranno a Moedis anche te, così potrai tornare a stare con noi.

Per fargli più dispetto ho adoperato anche una voce soave e ingenua, fingendomi convinta che questa prospettiva lo avrebbe reso felice.

Quando ho visto gli occhi atterriti di mio fratello ho capito che avevo vinto quella mano della partita. Peggio per lui. Non avevo cominciato io, a fare l'antipatica.

14 maggio 1915

Giancarlo è finalmente ripartito per Udine e devo dire che ho tirato un vero sospiro di sollievo. Perché, anche se ogni tanto litighiamo, non si può decentemente lasciare un fratello chiuso in una stanza da solo per cinque giorni, a guardare per aria.

Così ogni tanto salivo da lui silenziosamente come avevo fatto la prima sera e lo capivo benissimo che, nel vedermi, almeno al principio era molto contento. Però dopo un po' non poteva fare a meno di strapazzarmi e di sfogarsi, forse per la rabbia di essere prigioniero. Una ben stupida cosa quella di prendersela con me, e anche contro il suo interesse, perché è sempre meglio avere la compagnia di una sorella più piccola che nessuna compagnia.

Giocavamo a dama e filetto... Certo, lui è più grande e quindi più bravo, ma anche io me la cavavo abbastanza e mi è capitato di sorprenderlo

Nota già agli Egizi nel 5000 a.C., la dama è praticata dai Greci e dai Romani, che la chiamano *"latrunculi"* (soldati). Nell'antica Roma si gioca anche il filetto, di cui non si conosce tuttavia il nome latino. Fin dall'epoca dei Vichinghi il filetto si trova riprodotto sulla faccia posteriore della tavola della dama: alcuni ritrovamenti nel Nord-Europa risalenti al V secolo riportano infatti sul lato principale il Hnefatafl (gli scacchi nordici) e sul retro il filetto, esattamente come si usa ancora oggi.

con qualche mossa imprevista e fulminea.

Poi Giancarlo con la sua solita prepotenza ha voluto insegnarmi il gioco degli scacchi, dicendo che la dama è troppo noiosa ed elementare. Il gioco degli scacchi invece è difficilissimo e Giancarlo pretendeva che lo avessi già capito e fossi in grado di compiere le mosse mentre me le stava ancora spiegando. Così dopo due minuti cominciava a gridare che sono una vera stupida, finché mi venivano i nervi e me ne andavo sbattendo la porta, con il rischio di farmi sentire da tutti.

Poi però mi passava e, zitta zitta, tornavo. Una volta Giancarlo, con la sua voce più gentile, mi ha chiesto: – Perché non fai venire Marco Zanin a tenermi un po' di compagnia nell'ora in cui a casa non c'è nessuno? Almeno non sarei costretto a passare il mio tempo con una femmina...

Non mi sono neanche offesa per il gentile apprezzamento, ma d'istinto gli ho detto che il pomeriggio Marco non è libero perché deve fare i compiti e poi aiutare suo padre.

– Ah, i compiti – ha sogghignato mio fratello. – Ho saputo che Marco Zanin vuole iscriversi al ginnasio.

Chi glielo ha detto? Eccola, la conferma dei miei sospetti: non sono solo io a scivolare in punta di piedi in camera di Giancarlo. La mamma riempie sì di moine la nostra piccola Emanuela, ma lo sanno tutti che il suo preferito è il figlio maschio.

– Che male c'è?! – ho comunque ribattuto senza perdermi troppo in supposizioni. – Marco è bravissimo a scuola e prende sempre 9 e 10!

– Sì, lo so, – mi ha risposto Giancarlo con flemma studiata – lo so che è il tuo amichetto del cuore, vi ho visti dalla finestra prendere la rincorsa per i campi. Contenta tu. Scegliersi per amico il figlio di un fattore...

– Meglio il figlio di un fattore che un prete che nemmeno esiste! – gli ho gridato, e Giancarlo ha improvvisamente taciuto, forse perché gli è venuta paura che io per vendicarmi raccontassi le sue belle sortite di Udine.

Ma io non sono una traditrice e se qualcuno può

anche solo supporlo, peggio per lui. Anzi, in questo caso è quasi meglio, così Giancarlo avrà un po' paura di me.

Avevo fatto benissimo a dirgli che Marco non poteva andarlo a trovare. Sono sicura che lo avrebbe guardato dall'alto in basso.

A complicare le cose ci si è messa anche la mamma, che mi ha trascinato in salotto con aria misteriosa. – Lo so, sai, che vai di nascosto a trovare tuo fratello! – e mentre stavo tentando di giustificarmi (ma lei non fa proprio la stessa cosa?), ha tagliato corto: – Devi dire a Giancarlo che papà si aspetta delle scuse da lui. Sta soffrendo molto di non avere ricevuto nemmeno un cenno da parte di suo figlio. Senza una frase di pentimento, non lo perdonerà mai e non gli rivolgerà più la parola.

Io dirlo a mio fratello! Ma guarda come ci si può complicare la vita!

Invece, mentre cercavo le parole balbettando, Giancarlo mi aveva già risposto: – Vuole le scuse? Va bene. Le avrà.

E così si è presentato improvvisamente a cena, scendendo le scale lentamente, e tutti abbiamo fatto "ohh..." dalla sorpresa.

Si è diretto verso papà, ha chinato la testa e ha declamato tutto d'un fiato: – Papà, ho compiuto un atto imperdonabile, so di averti causato un grande dispiacere. Ti giuro che questo non accadrà più.

Papà si è commosso, gli ha teso la mano ma poi lo ha tirato a sé e lo ha stretto in un abbraccio.

Anch'io sul momento ero un po' commossa, ma subito dopo ho fatto un balzo. Da sotto il braccio di nostro padre, sì, mio fratello mi stava strizzando l'occhio. Devo dirlo? Sono rimasta veramente scandalizzata.

Per fortuna, come dicevo, la sospensione era finita e sono ripartiti per Udine tutti e due, papà e Giancarlo.

Non sarà un granché, mio fratello - ho già avuto modo di farlo capire - ma questa volta continuo a non afferrare cosa avesse fatto di tanto male da meritare una sospensione. Manifestare per la guerra lo fanno in tanti.

La signora Maestra, per esempio, in classe ci ha raccontato per filo e per segno le parole che ha detto il poeta Gabriele D'Annunzio a Genova, durante la commemorazione della partenza di Garibaldi per l'impresa dei Mille. Insomma, Garibaldi, tanti anni fa, si era imbarcato con i suoi prodi per liberare la Sicilia e il Meridione e riattaccarli all'Italia. Proprio come vogliono fare oggi con Trento e Trieste.

La Maestra ci ha fatto anche scrivere sul quaderno una frase che D'Annunzio ha rivolto proprio agli

In occasione dell'inaugurazione del monumento dedicato a Garibaldi e ai Mille realizzato da Eugenio Baroni, il 5 maggio 1915 dallo scoglio di Quarto il poeta Gabriele D'Annunzio recita davanti a migliaia di persone la sua *Orazione per la Sagra dei Mille,* ispirata al *Discorso evangelico della Montagna: Beati i giovani affamati e assetati di gloria, perché saranno saziati.* Acclamate dalla folla, le parole del poeta contribuiranno non poco all'ingresso italiano in guerra, poche settimane dopo.

studenti (credo però a quelli più grandi di noi): *Partite, apparecchiatevi, voi siete le faville impetuose del sacro incendio. Appiccate il fuoco!*

Io non le ho capite tanto bene queste parole. Se appicchiamo il fuoco a Trento e Trieste, dopo cosa ce ne facciamo di due città bruciate? Ma non ho alzato la mano per chiedere spiegazioni, perché credo che la Maestra si sarebbe arrabbiata. Quando tornerà Giancarlo, però, gliele farò leggere. Forse gli piaceranno.

Le altre novità della scuola riguardano i dubbi e le speranze a proposito del famoso Liceo-Ginnasio di Moedis. Perché sì, è vero, ci sarà anche Marco, ma quello che mi ha raccontato mio fratello sulla casa delle ziette e su come si comporterebbero nei miei riguardi, mi fa tremare di apprensione.

Marco o non Marco, io a Udine non ci voglio andare.

Per fortuna ho capito che papà a questa eventualità di Moedis ci tiene molto, e forse non solo lui.

Il fatto è che il signor Direttore ha pregato papà e il padre di Mafalda, la mia unica amica fra le bambine che sono nella mia classe, anche lui avvocato, di accompagnarlo per sentire se il signor Sindaco di Moedis era in grado di dare una risposta un po' più esauriente.

La fine dell'anno si avvicina e il signor Direttore ci tiene a sapere dove i suoi alunni dovranno sostenere l'esame, perché la nostra è una scuola piccola, e quale sarà il loro futuro istituto.

Sono partiti tutti e tre con il calesse di papà.

Io, mentre aspettavo, non stavo più in me dall'ansia. Sono corsa da Marco, che nel vedermi così agitata mi ha anche presa in giro. Anche lui, nel caso si dovesse finire a Udine, ha un cugino che lo ospiterebbe, ma certo non sarà un cugino che ha la passione per il buio o che si diverte a far litigare gli altri al posto suo per non faticare troppo, come invece succede alle zie.

Ero così nervosa che non riuscivo a concentrarmi in nessun gioco, finché Marco mi ha trascinato fino al "sentiero Battista" e abbiamo cominciato a cercare qualche fragola.

Papà è tornato che era quasi sera. (Quando è fuori la fa sempre lunga, si vede che si diverte ad andarsene in giro.)

La risposta... la risposta... perché non me la diceva subito, ancor prima di scendere dal calesse?!

Papà è entrato con calma in casa e, rivolgendosi alla mamma, ha detto: – Bene, è fatta. Sicuramente a partire dall'autunno il Liceo-Ginnasio sarà funzionante, ma...

Ma... cos'era ancora questo "ma"?

– L'esame si farà a Udine.

Tutto qui! Mi sono messa a saltare dalla gioia e papà, che come tutti i grandi capisce poco, mi ha detto: – Sei contenta, eh? Sei contenta di andare a Udine anche tu, per più di una settimana!

La mamma, che è sì distratta, ma di intuito ne ha un po' di più, si è messa a ridere. E così ho potuto ridere anch'io, però dalla contentezza di dover andare a Udine, ma per una volta sola.

Poi la mamma ha annunciato la grande novità.

Ha deciso di organizzare prestissimo, giusto la prossima settimana, una vera grande festa. Ci saranno tanti invitati e lei naturalmente canterà.

La novità è che potrò essere presente anch'io.

Fra una settimana compirò dieci anni e sarò quindi degna di stare in mezzo ai grandi, almeno per una volta. E così sarà anche una specie di festeggiamento per il mio compleanno.

Ci sarà anche Giancarlo, perché la festa coinciderà con il giorno che lui passa a casa.

Per l'occasione la mamma mi farà cucire un vestito dalla sarta. La rivista con i modelli di Parigi la riceve ogni settimana e dice che da lì sceglieremo insieme il mio vestito (ma io non ci credo).

La stoffa c'è già ed è una delle cose più meravigliose che abbia visto in vita mia. È un taffettà del colore delle nostre ortensie. Comincia dal rosa e piano piano va a finire verso il celeste.

Una meraviglia, l'ho detto.

22 maggio 1915

Ho dovuto aspettare qualche giorno prima di poter descrivere la festa con quel che ne è seguito, perché se lo avessi fatto subito l'emozione per i drammatici avvenimenti di quella notte non mi avrebbe permesso di soffermarmi sul ricevimento in sé, che con le sue luci, ombre e colori merita di essere raccontato.

Ora, a distanza di tempo, sono più tranquilla e posso dilungarmi sui particolari del "prima" e del "dopo".

La festa è stata molto bella e il mio vestito è venuto fuori proprio come la mamma l'aveva voluto: di un colore tenue e romantico e di un modello che mi faceva apparire più grande.

Tutti sono stati molto gentili e mi hanno riempito di complimenti e di regali, come se la serata fosse stata pensata solo per festeggiare me e il mio compleanno e non per far cantare la mamma.

Però anche durante il concerto ero, per così dire,

ancora sul palcoscenico. Questa volta la mamma mi aveva dato il solenne incarico di girare le pagine dello spartito alla pianista che la accompagnava.

La pianista, che è la signora Matilde Giacobini (la conosco da tanti anni), si era messa d'accordo con me per farmi fare bella figura, dato che io la musica la leggo appena e riconosco solo le note principali.

Il trucco era semplice: quando fosse venuto il momento di girare pagina, la Giacobini mi avrebbe fatto un cenno con la testa. Così io sono stata attentissima e tutto ha funzionato benissimo, e non è stata certo colpa mia se a un certo punto una mosca si è messa in testa di infastidire la signora Matilde, sicché lei, non potendo usare le mani impegnate sulla tastiera, per scacciare l'intrusa si è trovata a fare un brusco movimento del capo. Io ho girato subito il foglio e la signora Matilde, evidentemente molto arrabbiata, ha dovuto rimettere precipitosamente la pagina al suo posto.

Per fortuna non se ne è accorto nessuno, salvo il solito esperto che ha ridacchiato un pochino. Dopo, i rallegramenti me li hanno fatti lo stesso.

Terminato il concerto, quando è arrivato il momento della cena, fine del divertimento.

Neanche una risata, un discorso un po' spiritoso o

qualcuno dei pettegolezzi che noi bambini dovevamo sempre ascoltare di nascosto... Questa volta che eravamo lì ufficialmente e in bella vista, niente. Assolutamente niente.

Solo la guerra. Verrà, non verrà, è meglio che venga, è meglio che non venga. Insomma, una terribile noia.

Chi diceva che la neutralità (ormai questa parola la so a memoria) è una beffa perché ti dà gli svantaggi della guerra senza la ricompensa finale, e chi, come il nostro medico (e medico di tutta la città), dottor Zanussi, insisteva che della guerra non c'era bisogno, bastava trattare ancora un po' e gli austriaci Trento e Trieste ce le avrebbero date gratis. Mica erano stupidi a preferire una guerra anche con l'Italia, visto che già la stavano facendo da quasi un anno contro tanti altri Paesi. La guerra, poi, vuol dire mandare al macello tanti poveri giovani, e basta.

Nata nel 1914, a ridosso dello scoppio della guerra, la dottrina neutralista si propone appunto di mantenere la posizione di neutralità italiana tra i due blocchi in conflitto.

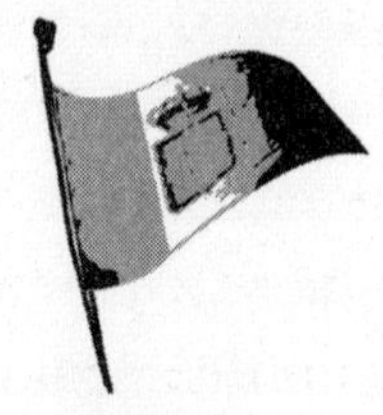

Fondato sulla convinzione che l'Austria avrebbe infine concesso le terre irredente all'Italia per evitarne l'ingresso in guerra, il neutralismo, sostenuto anche da Giovanni Giolitti, si contrappone all'interventismo raccogliendo consensi soprattutto tra i liberali giolittiani e all'interno del fronte socialista e cattolico.

Così diceva il nostro dottore, ma si può dire che nessuno fosse d'accordo, anche se alcuni cercavano di ragionare con una certa calma, e altri, se ogni tanto non si fossero ricordati che erano ospiti e c'erano delle signore, di sicuro si sarebbero messi a sbraitare come forsennati. L'aria era quella.

Specialmente i più giovani dicevano che questa guerra si sarebbe dovuta fare, perché sarebbe stata l'ultima del Risorgimento e forse proprio l'ultima al mondo, e che se i nostri nonni e bisnonni avessero ragionato con tutti questi "se" e "ma", non ci sarebbe stato Risorgimento né Italia unita. E quindi non fare la guerra sarebbe da vili, un tradimento degli ideali. Naturalmente Giancarlo era tra quelli che più si accaloravano su questi argomenti.

Ho capito che papà, anche se parlava con voce pacata e sommessa, era favorevole alla guerra. Anche lui. Papà diceva in un modo un po' complicato che la guerra era necessaria, che serviva ad aumentare il prestigio della Corona e dell'esercito, e dunque dell'Italia.

Ho anche capito, dopo un momento, che "la Corona" voleva dire il re, e chissà perché papà non voleva chiamare il re con il suo nome.

La mamma non partecipava ai discorsi e io vedevo la sua faccia diventare sempre più scura. Certo, tutto quel vociare sulla guerra stava rovinando la sua bella festa e la gente si era anche dimenticata di ammirarla e di riempirla di complimenti per il suo modo di cantare, come avveniva le altre volte.

A un certo punto ha detto a voce alta: – Gli uomini vogliono andare in guerra perché a casa si annoiano e gli viene la smania di correre incontro all'avventura.

Papà l'ha guardata stupito e anche la mamma l'ha guardato, però senza batter ciglio.

Lui ci è rimasto male, ma a salvare la situazione si è fatto avanti un signore molto gentile che ha quasi declamato: – Nessuno si potrebbe mai annoiare accanto a una bella donna come lei – e la mamma ha finalmente sorriso.

Purtroppo è proprio come ha detto quel signore. Mia madre è molto bella e io un po' me ne vergogno, perché le altre madri non sono così. Le altre madri sono, non so come dire, "normali", e forse è per questo che non sembrano tanto distratte come la mia.

Comunque, dopo queste battute, si è pensato un po' di più a mangiare le meravigliose cose che c'erano sui tavoli e a bere vino frizzante, e io ho approfittato del fatto che nessuno badava a me per vuotare qualche fondo di bicchiere abbandonato.

Poi è successo il fatto terribile. Tutto quel frastuono... quel frenetico bussare alla porta...

– Aprite! Aprite! – gridavano. – Ci hanno detto che il signor dottore Zanussi è qui!

Il dottor Zanussi si è fatto subito avanti, mentre qualcuno aveva già aperto la porta: – Eccomi... cosa succede?

– C'è un bambino che è caduto in fondo a un pozzo! Sono ore che stiamo provando, non riusciamo a tirarlo fuori – ha detto un pover'uomo disperato.

– Un bambino! –. Il dottore è impallidito. – Andiamo, ma io... insomma, prima bisogna farlo venire fuori...

Non ci erano riusciti - ora tutti stavano raccontando come forsennati - ed erano stati chiamati anche i pompieri, che avevano provato e riprovato, ma finora niente. Nessuno poteva calarsi dentro perché quel pozzo era troppo stretto, non era neanche un vero e proprio pozzo, piuttosto un cunicolo, scavato tanto tempo fa con l'idea di ampliarlo per ricavarne un giorno un pozzo regolamentare, ma poi avevano cambiato idea. A tentare di allargarlo c'era il pericolo che crollasse tutto attorno al bambino, che non si sapeva neanche se fosse ferito, e comunque era troppo piccolo per aiutarsi da solo.

Intanto si erano mossi quasi tutti gli invitati alla festa, chi con fiaccole improvvisate, chi con delle lanterne. Erano tutti tesi e ben diversi da come apparivano appena qualche minuto prima, disinvolti e mondani nei loro bei vestiti da sera. Naturalmente nessuno aveva pensato di rimandare a casa me e mio fratello, tanto al buio si distingueva appena chi c'era e chi non c'era.

Papà camminava davanti, molto concitato, facendo domande tipo: «Perché non era coperto? Perché quel pozzo non l'avevano sigillato?» e qualcuno cercava di spiegare che sopra c'erano delle frasche, dei rami abbastanza robusti e che il buco era in fondo a un campo abbandonato e nessuno pensava che un bambino ci sarebbe saltato sopra…

– Qualcuno la pagherà, cercherò i responsabili – minacciava papà, ma si vedeva che era solo per reagire al turbamento.

Quando siamo arrivati davanti al pozzo si è fatto un gran silenzio. Nessuno osava parlare e si sentiva solo qualche vago sussurro nella notte fonda.

La vicenda del bambino nel pozzo riporta alla memoria dei lettori odierni un triste fatto di cronaca del 1981: la sera del 10 giugno il piccolo Alfredino Rampi, di sei anni, precipita in un pozzo artesiano a Vermicino, località nella campagna di Frascati.

I complicatissimi tentativi di riportare il bambino in superficie, seguiti con grande partecipazione popolare in diretta televisiva, procedono febbrili per tre lunghi giorni. A quel punto ci si renderà conto che ogni sforzo è ormai inutile: il corpo del piccolo Alfredo verrà recuperato soltanto l'11 luglio.

Un pompiere molto magro stava provando ancora una volta a calarsi nel buco, con una corda che gli faceva il giro del torace ed era strettamente impugnata dagli altri uomini. Il pompiere ha insistito per un po', cercando di allargare appena il buco con una specie di piccolo scalpello che si era portato dietro e che usava a colpi leggeri, per timore che si staccasse qualche grossa pietra. Ma a metà si è sentito chiaramente anche da sopra che la terra stava cominciando a franare.

– Tiratelo su! – ha gridato il capo dei pompieri. – È pericoloso!

Il dottore ha chiesto di parlare con il bambino e l'ha chiamato per nome. – Ceschino, Ceschino... rispondimi.

In principio c'è stato solo un gran silenzio e qualche donna ha cominciato a recitare l'Ave Maria ma poi il dottore ha insistito e la vocetta si è sentita. Flebile, ma si è sentita.

Il dottore chiedeva: – Ceschino, ti fa male da qualche parte? – e di nuovo il bambino non rispondeva, e di nuovo tante donne pregavano, ma poi si è sentito di nuovo il lamento: – Ho paura, qui è buio...

– Ma un pompiere più magro, uno piccolo e con le spalle strette... non c'è, proprio non c'è?

– Ci sono io! – ha detto una voce. Il mio cuore

ha tremato davvero, perché io quella voce l'avevo riconosciuta subito.

Dal buio stava avanzando lui, Marco Zanin, il mio amico Marco Zanin.

– Tu non sei un pompiere – gli ha detto papà.

– No, ma sono piccolo e magro e sono una vera scimmia nell'arrampicarmi.

Papà ha guardato il fattore Andrea Zanin, il padre di Marco, e lui ha detto piano: – Fatelo provare.

Marco si è legato la corda attorno al corpo, ha gridato: – Via! – e si è lasciato cadere.

Dopo un tempo che è sembrato infinito ha urlato di tirarlo su, ma non era un tono gioioso.

Quando è riemerso - Marco ansava ed era tutto sudato - gli si sono tutti stretti attorno.

– Sono arrivato, sono arrivato fin quasi in fondo... il bambino mi sembra che stia bene... gli ho parlato e mi ha risposto... ma non è stato capace di aggrapparsi a me, non ci riusciva proprio, bisogna fare qualcosa, aiutarlo in qualche modo... io gli ho detto che tornavo, che stesse tranquillo...

Aiutarlo, ma come? La disperazione stava di nuovo scendendo su di noi.

– Non posso scendere dritto, mi servono le braccia libere. Dovete calarmi capovolto, a testa in giù.

– Ma è troppo pericoloso, ti va il sangue alla

testa… non ce la puoi fare a stare a lungo in quella posizione.

Papà ha guardato di nuovo Andrea Zanin e di nuovo il fattore ha fatto cenno di sì con il capo.

Il capo dei pompieri ha legato per i piedi Marco con accuratezza ancora maggiore, e l'ha istruito a lungo su come doveva muoversi e comportarsi e quali segnali doveva mandare per farsi riportare su, tirando una cordicella che gli ha messo in mano proprio per questo. – Ma non fare l'eroe, – gli ha detto guardandolo fisso e con affetto – se ti senti in pericolo fai subito il segnale.

Non so quanto tempo è passato e non so come ha fatto la gente a sopravvivere senza respirare. Perché una sola cosa so e ne sono sicura: in tutto quel tempo nessuno ha respirato.

Io guardavo il capo dei pompieri, ma ormai mi sembrava di muovermi in un sogno. Ho visto e non ho visto che lentamente tiravano la corda… e poi ho chiuso gli occhi. Era troppo per me.

Mi ha fatto tornare alla realtà l'urlo, *quell'*urlo.

Era un urlo di gioia, questo l'ho capito subito. E poi le grida, il pianto del bambino, il dottore che lo strappava dalle mani dei soccorritori e se lo prendeva in braccio.

Una gran confusione, ma una confusione gioiosa,

come in una giostra che gira e se ci sei sopra dopo un po' ti gira anche la testa, ma in un vortice d'allegria.

– Marco! – ho gridato appena sono riuscita a riprendermi, e sono corsa ad abbracciarlo. Tanto lo abbracciavano tutti.

Prima di me, però, era arrivato mio fratello Giancarlo.

– Bravo – gli ha detto. – Sei stato proprio un eroe! – e gli ha stretto a lungo la mano.

Per la prima volta ho visto in Giancarlo uno sguardo sincero, del tutto privo del suo solito sarcasmo.

Papà ha abbracciato Andrea Zanin, come a dire che se i figli si comportano bene il merito è anche dei padri. Ma in realtà lo so che papà è molto affezionato al nostro fattore e lo considera uno di famiglia.

Non posso raccontare altro. Questa è stata la terribile notte che è seguita alla festa del mio quasi compleanno.

27 maggio 1915

L'Italia è in guerra da tre giorni. A saperlo! Come sembrano ridicole, viste ora, tutte quelle discussioni la sera della festa. Mentre la gente stava litigando, "guerra sì, guerra no", come se le sorti della patria dipendessero da loro, magari il re aveva già bello che deciso.

È proprio vero che nella vita tutto si mischia e le cose grosse finiscono per schiacciarne altre che pure ci sembrano così importanti...

Come il fatto del bambino nel pozzo e del suo salvataggio, proprio la sera del concerto della mamma a casa nostra. Chi se lo ricordava più, il concerto. Nei giorni seguenti si parlava solo del bambino...

E così è successo con i festeggiamenti a scuola per l'eroismo di Marco Zanin, dimenticato in un baleno appena saputa la notizia della dichiarazione di guerra.

E pensare che il signor Direttore era stato così

entusiasta! Ci aveva radunati tutti nel salone grande della scuola, le classi femminili sulla destra e quelle maschili sulla sinistra, e aveva raccontato con bellissime parole l'episodio che aveva visto Marco protagonista ed eroe, poi lo aveva chiamato accanto a sé e gli aveva consegnato una pergamena arrotolata, tenuta stretta da un nastrino tricolore, mentre noi alunni battevamo le mani. Insomma, una scena commovente.

Il Dircttore aveva anche annunciato che forse il signor Sindaco avrebbe provveduto a consegnare a Marco una medaglia al valor civile, ma poi...

Poi è scoppiata la guerra. E chi ci pensa più a queste cose, se c'è la guerra?

Sarà proprio che il signor Sindaco è destinato a risparmiare sulle medaglie perché, come ho raccontato, anche quella promessa al figlio del Pinin, che anche lui aveva salvato un bambino traendolo fuori dalle acque di un fiume in piena, era finita nel dimenticatoio.

Insomma, la guerra. Papà ci ha chiamati tutti, compresa Emanuela con Antonietta, e ci ha letto il giornale per dare più solennità alla notizia.

Io a un certo punto mi sono messa un po' a ridere, poco però, e papà mi ha guardata veramente male e ha detto: – Solo una bambina sciocca può trovare da ridere nel momento solenne che la nostra patria sta attraversando.

Io avevo sorriso un attimo perché sul giornale che papà stava leggendo c'era scritto che il ministro degli Affari Esteri, che si chiama onorevole Sonnino, aveva telegrafato al nostro ambasciatore a Vienna per dargli l'incarico di presentare agli austriaci la dichiarazione di guerra, ma non era successo niente perché le linee telegrafiche fra Italia e Austria erano interrotte.

Be', mi sembrava buffa l'idea che uno non può più dichiarare la guerra perché il telegrafo non funziona e così l'altro non può saperlo. Tutto qui.

Poi però l'ho capito subito che la guerra è venuta lo stesso. L'onorevole Sonnino, la lettera, ha finito per darla all'ambasciatore austriaco a Roma e ci ha pensato lui, l'ambasciatore, a portarla in treno fino in Austria e consegnarla al suo imperatore.

Insomma, ha funzionato così, e lunedì 24 maggio la guerra era

Giornalista, diplomatico, insigne meridionalista ed esponente parlamentare della Destra storica tra le file dei moderati, Sidney Sonnino ricopre l'incarico di ministro degli Esteri del Regno d'Italia nei diversi governi che si avvicendano tra il 1914 e il 1919. Nei mesi della neutralità italiana è tra i principali artefici del Patto di Londra, firmato il 26 aprile 1915, con il quale l'Italia s'impegna a entrare in guerra al fianco della Triplice Intesa contro l'Austria-Ungheria.

ufficiale e nessuno poteva più dire di non saperne niente.

Per un misero sorriso sono sembrata cattiva e insensibile, ma non è affatto vero. Ero commossa ed emozionata come tutti gli altri, ci mancherebbe. Ero commossa anche per i nostri piccoli amici di Trento e di Trieste: ora sapranno che stiamo per arrivare a liberarli perché possano finalmente giocare con noi.

Antonietta, quando papà ha finito di leggere tutta la dichiarazione di guerra e le bellissime parole che il nostro re ha rivolto ai "soldati di terra e di mare", si è messa a piangere, e un po' anch'io, devo dire la verità, quando ho sentito che il re diceva: *L'ora solenne delle rivendicazioni nazionali è suonata*, e poi finiva: *Soldati! A voi la gloria di piantare il tricolore d'Italia sui termini sacri che la natura pose ai confini della patria nostra.*

Ma Antonietta, piangendo, ha

Il telegrafo è un dispositivo di comunicazione a distanza che permette di inviare messaggi in forma di codici. Il primo vero sistema telegrafico appare in Francia a fine Settecento grazie all'inventore Claude Chappe. Con l'avvento dell'elettricità la telegrafia conosce nuovi sviluppi: nel 1837 l'americano Samuel Morse brevetta il telegrafo elettrico. A contribuire all'invenzione del telegrafo senza fili è l'italiano Guglielmo Marconi, che per questo nel 1909 vincerà il Premio Nobel per la Fisica.

detto anche: – Poveri figli, chissà che fine faranno – finché papà si è di nuovo spazientito e le ha detto aspro: – Ma se tu i figli non li hai nemmeno!

Io però ho pensato che una può piangere anche per i figli degli altri, ma certo non l'ho detto a papà. Anche Bastianina piangeva, ma lei, lo sanno tutti, prende sempre l'imbeccata da Antonietta.

La mamma teneva la testa molto dritta, fissando un punto lontano, e ha detto piano: – Partirai anche tu? – e papà l'ha guardata un po' meravigliato perché non era certo una novità, e chissà quante volte ne avevano parlato insieme.

La mattina, dopo la scuola, ci ha portato tutti alla stazione per salutare i soldati della nostra città che prendevano il treno per presentarsi al Comando di Udine.

Ci avevano messo in mano delle bandierine a tre colori, però di carta, e la Maestra ci faceva

Il 24 maggio del 1915 il Gran Quartier Generale italiano diffonde il proclama di Vittorio Emanuele III con cui il monarca assume il comando supremo delle forze armate: *Soldati di terra e di mare! L'ora solenne delle rivendicazioni nazionali è suonata.* Il proclama si conclude con: *A voi la gloria di piantare il tricolore d'Italia sui termini sacri che la natura pose ai confini della patria nostra. A voi la gloria di compiere, finalmente, l'opera con tanto eroismo iniziata dai nostri padri.*

continuamente dei segni perché ci dimenticavamo di sventolarle.

I grandi avevano attaccate alla giacca delle coccarde, anche loro bianche, rosse e verdi, e facevano dei grandi gesti di saluto con le mani, mentre fra le donne c'era chi gridava d'entusiasmo e chi piangeva.

Fra quelli che partivano c'erano i papà di molti bambini della nostra scuola, e in quel caso le mamme erano fra quelli che piangevano. I bambini così così.

Mio papà non partiva con loro, perché è ufficiale e a lui la cartolina non è ancora arrivata.

– Mi devo presentare lo stesso – spiegava alla mamma.

Il manifesto della mobilitazione parla chiaro.

La "mobilitazione" è un grande foglio che s'incolla al muro per le strade della città e dove c'è spiegato bene chi deve partire per la guerra e chi no. Per esempio, se uno è troppo vecchio oppure troppo giovane e non ha ancora fatto il servizio militare.

Papà, come ufficiale, non è troppo vecchio e quindi ci ha detto che l'indomani avrebbe preso anche lui il treno per Udine.

In ritardo, è arrivata correndo alla stazione la banda della nostra città e mentre il treno già si stava muovendo ha cominciato a suonare: *O Italia, o Italia del*

mio cuore, tu ci vieni a liberar...
Che poi è la canzone che, ci hanno detto, cantano tutte le ragazze di Trieste.

Papà ha deciso di partire il giorno seguente, subito dopo il pranzo, per poter salutare anche me dopo il mio ritorno da scuola.

Quando sono arrivata stava rientrando, ancora un po' polveroso, da un giro per i campi.

– È stato tutta la mattina in campagna – mi ha confermato la mamma, abbastanza risentita.

A casa era arrivato con lui il fattore Andrea Zanin, che evidentemente lo aveva accompagnato nel suo giro.

Papà si è rivolto con grande solennità a Zanin, dicendo: – Vi affido la mia famiglia. Sono sicuro che sarà in buone mani. E anche voi – ha aggiunto guardando più che altro la mamma e me – rivolgetevi a lui qualsiasi cosa occorra.

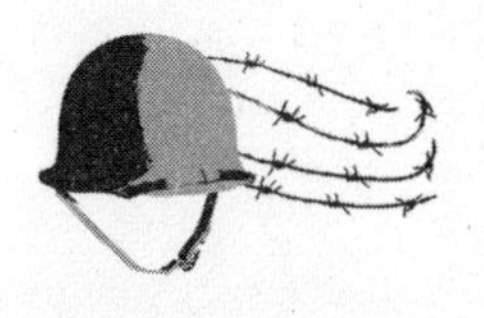

Il 22 maggio 1915, dopo che ai primi del mese sono stati effettuati altri richiami con cartoline-precetto e dopo che sono iniziati i grandi trasporti di mobilitazione e radunata, viene indetta la mobilitazione generale del Regio Esercito e della Marina. Sui muri delle strade e delle piazze di ogni paese e città vengono affissi grandi manifesti che, per ordine di re Vittorio Emanuele III, chiamano i cittadini italiani alle armi comunicando requisiti e modalità di arruolamento presso le più vicine caserme.

Composta e musicata a Torino nel 1915 da Giovanni Drovetti e Colombino Arona, *La campana di San Giusto* diviene una delle canzoni patriottiche italiane più celebri negli anni della guerra. La prima strofa recita: *Per le spiagge, per le rive di Trieste / suona e chiama di San Giusto la campana / l'ora suona, l'ora suona non lontana / che più schiava non sarà*. Significativo è il ritornello: *Le ragazze di Trieste cantan tutte con ardore / "O Italia, o Italia del mio cuore / tu ci vieni a liberar"*.

Poi papà e Andrea Zanin si sono salutati con una calorosa stretta di mano, quasi un abbraccio.

Andrea Zanin non è tanto più vecchio di papà, appena qualche anno, ma è rimasto ferito nella guerra di Libia del 1911 e ora zoppica un po', ma poco. Comunque alla guerra quelli che zoppicano non li prendono, specialmente quelli che zoppicano per colpa di un'altra guerra. Per questo Andrea Zanin resterà a casa a occuparsi della nostra terra, come ha sempre fatto.

Dopo essersi lavato e cambiato, qualche minuto prima di pranzo, papà si è fatto portare come tutti i giorni i miei quaderni e li ha guardati a lungo, soffermandosi con un po' di disappunto sui pochi segni di correzione che mi aveva fatto la signora Maestra. Ma nel complesso mi è sembrato abbastanza contento di me.

Quando però è arrivato il momento e papà è sceso con indosso la sua bella divisa da maggiore, per me è stato come se lo avessi capito solo in quel preciso momento, che stava per partire.

Papà partiva, papà andava alla guerra e mi lasciava sola. Chi mi avrebbe guardato i quaderni, chi mi avrebbe fatto le domande di storia e geografia, ora che dovevo affrontare l'esame? La mamma no davvero. La mamma si dimentica sempre di tutto e sono sicura che si è dimenticata anche quello che ha imparato a scuola tanti anni fa.

– Papà, papà, non partire! – gli ho gridato all'improvviso, scoppiando in un grande pianto.

Non è stato affatto contento di questa mia scena.

– Via! Non fare la bambina piccola. Neanche Emanuela si comporta così – ha detto con la faccia scura. – Mi meraviglio molto di te, che stai per entrare alle superiori.

Nel settembre 1911 l'Italia entra in guerra contro l'Impero ottomano per la conquista delle regioni nord-africane della Tripolitania e della Cirenaica, definite in epoca romana con il nome di Libia. Conclusasi con il Trattato di Ouchy dell'ottobre 1912, la guerra vede l'Italia conquistare la Libia e occupare Rodi e il Dodecaneso.

I feriti italiani alla fine del conflitto saranno 4.220 e godranno delle pensioni di guerra previste per legge nel 1912 e dell'esenzione dal servizio militare nel 1915.

Devo andare in guerra a difendere la nostra patria, non vado in viaggio di piacere...

Così papà è partito molto rannuvolato. Per buona misura io ho pianto tutta la notte.

La vita è proprio buffa! Piangere e ridere sono così mischiati! Me ne stavo ancora tutta triste in giardino nell'ora già prossima alla sera - ed era appena un giorno che papà era partito - quando vedo accostarsi al cancello una vettura di piazza.

Chi sarà che ci viene a trovare? Cerco di aguzzare lo sguardo. Dalla carrozza sta scendendo un signore in divisa.

Ma è... è... Sì, lo riconosco! È papà! Papà è tornato!

Allora era vero che la guerra doveva durare poco... è già finita... in un giorno! Corro come una forsennata. Anche la mamma sta arrivando di corsa.

No, la guerra non è finita, è appena cominciata. È solo che non è ancora arrivato il turno di papà.

– La mobilitazione non è stata ancora completata – ci sta spiegando papà. – Per ora non hanno bisogno di me. Mi chiameranno quando sarà il momento.

E papà rientra in casa camminando lentamente, con tutti noi attorno.

– Papà è tornato! – comincio a gridare una volta nel soggiorno, poi volo in cucina per avvertire Antonietta.

In un angolo c'è Bastianina che piange. – Non piangere Bastianina! – le dico tutta animata. – Papà è tornato!

– Sei proprio una bambina sciocca – mi fa Antonietta. – Non crederai mica che Bastianina pianga per tuo padre.

E mentre io sono ancora a bocca aperta: – Piange per Luigi, il figlio del Pinin, che è il suo fidanzato ed è partito l'altro ieri – mi spiega brusca Antonietta.

Il figlio del Pinin! Luigi, l'eroe del fiume... è lui il fidanzato di Bastianina! E io come potevo saperlo?

Ma guarda un po'. Da quando è cominciata la guerra, tutti hanno preso la mania di rivolgersi a me chiamandomi "bambina sciocca". Non mi era mai successo. Non mi sembra un buon inizio.

25 giugno 1915

È più di un mese che siamo in guerra e io credevo che, una volta presa la decisione, la vita sarebbe stata solo "guerra" e il resto sarebbe scomparso o diventato quasi nulla.

Invece non è così. Dei soldati che continuano a partire e delle eroiche battaglie si parla ogni giorno, ma il resto esiste, eccome, e la scuola è tale e quale a prima. Anzi, è peggio, perché il signor Direttore ci ha fatto la predica, dicendoci che dobbiamo essere consapevoli del grande ma grave momento che sta attraversando la patria, e che il nostro dovere è di dare il massimo nel nostro piccolo campo, naturalmente lo studio.

L'esame è ormai alle porte e la Maestra speciale che è stata assunta per completare la nostra preparazione ci fa lavorare come schiavi.

Mi sto esercitando anche a fare e rifare lo stesso

disegno, perché tenere la matita in mano non è il mio forte.

Il disegno, che ormai sto tracciando quasi a occhi chiusi, raffigura una casetta con accanto un pino, ma il difficile è che casetta e pino devono specchiarsi nella loro ombra, messa un po' di sbieco e tutta sfumata a chiaroscuro. Il risultato è solo un foglio con due grosse macchie (o così mi sembra), e quindi devo sperare nell'indulgenza degli esaminatori.

A proposito di esami, c'è una grande novità ma purtroppo da questa novità io sono esclusa.

Per semplificare l'organizzazione delle famiglie, specie ora con tanti padri al fronte, il signor Direttore ha disposto la spedizione a Udine di tutte le bambine insieme, accompagnate da due Maestre.

In città sono già state prenotate un certo numero di stanze alla *Pensione Celeste*, e lì le alunne rimarranno pomeriggio e sera, sorvegliate dalle insegnanti, per tutto il periodo degli esami scritti e orali.

Quanto avrei voluto essere con loro! Come mi sarei divertita a chiacchierare fino a notte alta con la mia amica Mafalda, perché sicuramente mi sarei fatta mettere nella sua stessa camera.

Non c'è stato niente da fare. Papà ha bloccato con un'occhiata severa ogni mia eventuale insistenza, prima ancora che si manifestasse.

– Andrai dalle ziette, – mi ha detto brusco – ci mancherebbe che le offendessimo. Già sono rimaste così male che il prossimo anno non sarai a scuola a Udine!

Ero molto triste e per un minuto ho avuto anche un pensiero cattivo di cui mi sono subito pentita. Ho pensato che se papà fosse stato alla guerra, invece di tornare in quel modo ridicolo dopo appena un giorno, forse mi sarebbe riuscito di convincere la mamma.

Ma i pensieri cattivi vanno scacciati all'istante e così ho fatto.

Mi sono sfogata un po' con Marco Zanin, quando verso sera siamo andati a fare una passeggiata sul "sentiero Battista". Di giorno ormai non possiamo più giocare perché abbiamo troppo da studiare.

Poi per distrarci ci siamo cimentati nella nostra solita gara a chi riesce a far fare più salti a un sasso tirato di piatto sullo stagno. Sembrerà impossibile, visto che sono una femmina, ma io sono bravissima, molto spesso più brava di Marco.

– Sei un fenomeno a tirar sassi – mi dice sempre lui scherzando. – Vedrai che ti arruolano come lanciatrice di bombe a mano sul nemico!

Comunque, anche quella sera mi sono divertita a esibirmi e non ho più pensato a Udine e alla *Pensione Celeste*.

Anche per le classi maschili la scuola ha pensato allo stesso tipo di organizzazione, ma naturalmente si è rivolta a un altro pensionato, mi sembra di preti.

Marco non ci andrà. Suo padre lo farà ospitare da quel suo cugino di Udine ma, al contrario di me, a Marco non interessa affatto andare a dormire in un posto invece che in un altro. – Basta che poi vada tutto bene con gli esami! – dice.

Che vadano bene gli esami, credo che per Marco non sia davvero un problema. Per me, invece... be', vedremo, non sono così scarsa, solo che non sono mai sicura di che cosa uscirà fuori dal mio compito o dall'interrogazione. Forse ho preso un po' dalla mamma, che è così distratta. In compenso non sono affatto brava nel canto.

Abbiamo già così tanto da studiare che non ci voleva proprio quell'aggiunta decisa dal Direttore. Un'ora del nostro tempo trascorsa a lavorare per i soldati al fronte. Ma quale lavoro possiamo fare noi per i soldati? Non capivo proprio. Poi ci hanno spiegato che solo le femmine dovevano imparare a lavorare a maglia sciarpe e calzini di lana e altre cose del genere.

Ma se siamo in estate ed è così caldo! Va bene che i soldati sono in montagna, però una sciarpa di lana mi sembra esagerato. È vero che quando finiremo sarà inverno, ma allora anche la guerra sarà finita e quindi tutta questa fatica servirà solo a complicarci la vita.

Poi però è successa una cosa molto triste e abbiamo smesso tutte di sbuffare e scherzare.

Andrea Zanin è venuto a portarci la notizia che nella grande Battaglia dell'Isonzo sono morti anche tre soldati della nostra città e altri sono rimasti feriti.

Fra quelli che sono morti ce n'era uno, Alberto De Biase, che conoscevamo benissimo perché veniva sempre da noi a riportare i carri agricoli o la carrozza che suo padre aggiustava quando si rompeva qualche pezzo.

Era molto simpatico, piccolino di statura, con dei riccioli neri da meridionale che svolazzavano al vento. Non riesco a credere che un ragazzo così possa essere scomparso per sempre.

Tutti in città sono andati al funerale, e anche noi ci ha portati la scuola, ma questa volta senza bandierine. Alla fine, malgrado le bellissime parole del signor Sindaco che ha parlato della morte in battaglia come di un "sogno fiammeggiante", tutti piangevano.

Io a un certo punto mi sono voltata e sono rimasta come paralizzata nel vedere in un angolo in fondo alla chiesa una ragazza, anche lei bruna come Alberto De Biase, che singhiozzava senza potersi fermare.

– È la fidanzata di Alberto, e quella accanto a lei è la madre – mi ha sussurrato Antonietta, che si era subito accorta del mio grande turbamento.

E per una volta Antonietta è stata molto affettuosa con me, mi ha stretta in un abbraccio e mi ha tenuta vicina tutto il tempo.

8 luglio 1915

Esami. Esami. Esami.

Ho finito gli esami di quarta elementare e non c'è storia di guerra più drammatica ed emozionante della nostra odissea di ragazzi, alle prese con scritti e orali, una prova che farà di noi quasi degli adulti. Almeno, in questo momento sento così, e spero che sarò scusata.

Ma andiamo per ordine.

Il giorno prima dei fatidici esami sono arrivata a casa delle ziette, scortata da papà. (Neanche in treno ho potuto fare il viaggio con le mie compagne.)

Papà è ripartito quasi subito perché Giancarlo, al contrario di me, non avendo esami rientrava a casa per le vacanze estive. Insomma, ci siamo dati il cambio e papà si è fatto il viaggio di ritorno in compagnia del figlio maggiore.

Verso il tardo pomeriggio, mentre io mi aggiravo sconsolata cercando di riconoscere, al buio e a tastoni, i principali mobili del salotto e del salottino, si sono avvicinate le ziette, come al solito in coppia. – Per questa bella nipotina, cena di lusso – ha trillato tutta giuliva la zia Rosina. – Risotto ai tartufi e la nostra speciale ricetta di oca ripiena.

– Ma no, mia cara, – ha replicato placida la zia Giacinta – la bambina domani ha l'esame e stanotte deve farsi un bel sonno tranquillo... Quindi non mi pare proprio il caso di farla mangiare tanto... Ho pensato riso all'inglese e pollo bollito...

La zia Rosina ha mormorato ancora qualcosa a mezza bocca, scuotendo il capo. A me era sembrato tutto finito, anche se la prospettiva di riso e pollo bolliti non mi faceva saltare di gioia.

Ma non era finita affatto. Quando mi sono avventurata giù nella cucina, questo breve e tranquillo scambio di battute sulla mia cena si era già trasformato in una lite fra le due donne di servizio, con grida crescenti e rumore di oggetti sbattuti.

– Io ho l'ordine di cucinare oca ripiena! – urlava Maria.

– No, la bambina deve stare leggera!

– La bambina non è una malata... Se devi cucinare quelle orribili cose, te lo fai da sola!

– Io non sono la cuoca... la cuoca sei tu...

– Io non prendo ordini da te! E dunque accomodati... questa è la padella!

La padella non veniva gentilmente allungata, ma sbattuta sul marmo del lavandino con un fracasso degno di una banda di paese, anche perché a seguire erano comparsi pentole e coperchi, tutti sbattuti sul marmo del lavandino o sul grande tavolo di legno.

Allora aveva ragione Antonietta. Il litigio che le zie non avevano fatto (anzi, si chiamavano l'un l'altra "mia cara") si era trasferito con fragore inaudito nella cucina e aveva per protagonisti altri due personaggi, le fidate cameriere Teresa e Maria.

Conclusione: un compromesso. Per cena ho mangiato sì riso bollito, ma anche oca ripiena, che a dire la verità non era niente male.

Comunque io avevo da pensare a ben altro che alla cena. Se poi ho dormito in modo molto agitato, i motivi sono stati assai più solidi del cibo, vale a dire gli esami dell'indomani.

Quando Teresa mi ha accompagnata a scuola, il mattino dopo, mi tremavano le gambe al punto che quasi non riuscivo a camminare.

Arrivando nel cortile del grande edificio color grigio scuro, ho visto subito con sollievo il gruppetto della mia classe riunito tutt'intorno alle Maestre che sembravano due chiocce.

Sono corsa da loro sentendomi a casa, ma al momento dell'appello ho capito subito come andavano le cose. Non ci avrebbero messe nei banchi l'una accanto all'altra tenendo conto della scuola di provenienza, ma ci avrebbero sparpagliate in un mare di facce sconosciute. Ecco la cruda realtà. «Addio Mafalda» ho sospirato quando l'ho sentita chiamare e l'ho vista sparire chissà dove.

Poi è venuto il mio turno. Una volta entrata nell'aula mi ha preso un senso di smarrimento.

La stanza era vasta, lunghissima e i banchi erano sistemati in due settori, separati in mezzo da un camminamento ben più largo di quello che si era aperto nel Mar Rosso per far passare gli antichi Ebrei in fuga dall'Egitto.

Dal lato sinistro del camminamento c'erano le file di banchi delle sezioni femminili, a destra invece quelli, più popolati, delle sezioni maschili.

In un angolo remoto del settore destro mi è sembrato di riconoscere Marco, ma ero troppo confusa per metterlo a fuoco.

Una Maestra sconosciuta, con gli occhiali, ci ha consegnato i fogli protocollo segnati in alto da un timbretto circolare azzurro-viola, uno per la brutta e uno per la bella, poi è entrato un Maestro dalla faccia simpatica e ci ha dettato il tema.

Scrivete una lettera a un soldato al fronte, diceva il tema, *dimostrando consapevolezza del valore di questa guerra come proseguimento ideale delle battaglie del nostro Risorgimento.*

Ho pensato un po', ho aspettato che mi passasse il tremito della mano e ho cominciato a buttare giù, prima incerta e poi sempre più veloce.

Quando è arrivato il momento di ricopiare in bella ero già abbastanza calma, ho cercato di scrivere al meglio, sia come calligrafia, sia abbellendo un po' le frasi come potevo.

– La brutta la puoi portar via, se vuoi farla leggere a qualcuno... – mi ha sussurrato la sconosciuta vicina di banco, e io l'ho ringraziata perché forse me lo aveva già detto la Maestra ma io l'avevo ascoltata distrattamente.

Infatti, appena sono uscita, una delle Maestre mi ha quasi assalito: – La brutta, la brutta! Dammela... – e sembrava più agitata di me.

Bene, bene... mentre la Maestra leggeva rapidamente il mio tema, il suo volto si andava gradatamente distendendo. Insomma, appariva soddisfatta, quasi raggiante. Ma arrivata alla fine si è fatta pallida e mi sembrava addirittura che stesse per piangere.

– Ma cosa hai scritto?! Cosa hai scritto! –. A questo punto ero io che quasi scoppiavo in lacrime.

– Che... che errore ho fatto? – ho balbettato a fatica.

Nel frattempo era arrivata Teresa per riaccompagnarmi

a casa, ma la Maestra le ha detto brusca di tornare tra un'ora, perché c'era una grave questione e ne doveva discutere con l'altra Maestra.

Ho pensato: «Addio pranzo», ma era solo per fare un po' la spiritosa con me stessa.

– Leggi, leggi il tuo finale –. Ho guardato con attenzione. Non c'era nessuno sbaglio. Mi sembrava di avere spiegato abbastanza bene il valore dell'epopea risorgimentale, poi mi ero rivolta in modo più preciso al soldato cui dovevo indirizzare la lettera ideale e l'avevo pregato di non farsi ammazzare perché avevo visto, quando muore un giovane, quanto piangono la madre e la fidanzata e quanto rimane triste l'intero paese dove era nato e dove tutti lo conoscevano.

Mi sembrava di avere scritto bene e anche in modo commovente.

– Ma i nostri soldati sono fieri di morire per la patria! E noi siamo fieri dei nostri caduti! Chi muore per la patria non muore mai, vive per sempre!

Insomma, le due Maestre facevano a gara a ripetermi queste cose che io già conoscevo benissimo.

– Cosa penseranno gli esaminatori che leggeranno il tuo tema? Come giudicheranno l'educazione che ti abbiamo dato? – si tormentava una Maestra, mentre l'altra le faceva eco.

– Ma è una prova d'italiano, e se non ci sono errori... – ho azzardato con la forza della disperazione.

– Sì, questo è vero, e poi la parte storica è fatta bene – ha sospirato una delle due Maestre, già un po' consolata. – Speriamo in questo... Lo vedremo agli orali.

E così, quando dopo un'ora esatta è tornata Teresa per riportarmi a casa, il problema "pranzo sì, pranzo no" non si è neanche affacciato. Erano riuscite a farmi chiudere lo stomaco, quelle due!

Il giorno dopo è stata la volta dell'esercizio di analisi logica e del dettato senza punteggiatura.

Nell'analisi logica ho navigato beata, tanto mi sentivo sicura di me, e anche il dettato mi sembrava proprio una faccenda da bambini piccoli. Va bene, non ti dicevano "punto, virgola, due punti", ma te lo suggerivano con le pause della voce, bastava abituarsi un poco. Solo la mia vicina di banco non teneva conto di queste sospensioni. Ha scritto tutto di fila e alla fine si è messa a distribuire punti e virgole come se fossero una manciata di coriandoli a carnevale. Io la guardavo un po' stupita, ma forse ero io che sbagliavo.

Il mio vero timore, però, non erano questi stupidi esercizi. Il mio timore era la prova successiva, il problema di aritmetica. E così, la sera prima di questo che per me era il più terribile degli scritti, ho dormito proprio agitata anche se non avevo mangiato oche ripiene. Quando, seduta al banco tremante e timorosa, ho sentito dettare il problema, ho capito che avevo avuto ragione. L'esercizio mi sembrava molto al di là delle mie più pessimistiche previsioni. Un terribile intrico.

Tutto difficilissimo e incomprensibile, tipo un fornaio che prepara con dieci chili di pasta delle pagnotte di trenta centimetri di diametro e utilizza per ognuna due ettogrammi di pasta, con le domande su aree, equivalenze, numero di pagnotte, quanto tempo ci voleva a farle e persino la misura del forno.

Per farla breve, io quel problema non sapevo proprio da che parte cominciare a risolverlo, non ero nemmeno in grado di mettere in ordine le operazioni, e tutto quel pane cominciava già a pesarmi sullo stomaco peggio dell'oca ripiena.

Ero veramente disperata. Chi poteva aiutarmi? Non certo quella sconosciuta vicina di banco che, coriandoli a parte, mi sembrava stesse pasticciando parecchio anche ora.

Poi l'idea, la sola idea possibile si è fatta strada da sola. Marco. Nessuno tranne Marco poteva levarmi da quell'angoscia. Ma Marco era così lontano!

Al contrario del primo giorno, in cui tutto mi era parso confuso, ora l'avevo chiaramente individuato e localizzato, anche se purtroppo era sempre dal lato opposto e verso la parete. Chiamarlo? E come? C'era di mezzo il Mar Rosso e tutta una confusione di teste.

Comunque qualcosa ho tentato. Ho preso dalla mia cartella un foglietto di carta velina e ci ho scritto: *Quali sono le operazioni? Aiutami!*, per prudenza senza firmare, tanto Marco avrebbe capito benissimo. Poi ho fatto una bella pallottola stretta. Si trattava solo di farla arrivare nelle mani di Marco. Be', non sono io la miglior tiratrice di sassi di tutta la vallata?

Ho approfittato del momento in cui la Maestra passeggiava nell'altro verso, voltandomi le spalle, e ho lanciato. Bravissima me lo dico da sola. La pallottola è atterrata direttamente sul banco davanti al naso di Marco. L'ho visto guardarsi attorno un po' perplesso e poi girarsi dalla mia parte. Aveva capito. Ha scritto qualche riga velocemente su un altro foglietto e così siamo arrivati alla fase due. Io a volte lo vinco, ma anche Marco è niente male a lanciar sassi.

Ha aspettato che la Maestra finisse il suo giro, poi ha tirato. La sua pallottola è atterrata ai miei piedi e non direttamente sul mio banco, ma poteva andare anche così.

Soluzione: 1. area di ogni pagnotta... (Ma chi ci pensava che il pane ha un'area.) *2. numero di pagnotte prodotte... 3. area del piano di cottura...* eccetera, eccetera.

Ho ricopiato aggiungendo i calcoli e... grazie Marco. Anche questa è andata.

L'esame di disegno a questo punto mi è sembrato un gioco da bambini. Ero talmente al settimo cielo che persino la casetta e il pino con le ombre a chiaroscuro sono risultati abbastanza decenti e quasi carini.

Nel pomeriggio l'ultima emozione: uscivano i quadri con gli ammessi agli orali. Da un lato mi sentivo abbastanza tranquilla, dall'altro però mi agitavano i dubbi che mi avevano gentilmente soffiato dentro le mie signore Maestre, insomma, i dubbi sul tema dove raccomandavo al soldato immaginario di non morire, raccomandazione che secondo le Maestre non avrei in nessun modo dovuto scrivere.

Sono arrivata davanti alla tabella tenendo gli occhi chiusi, poi ne ho aperto uno solo e ho visto subito la "A" di "Ammessa". Ero troppo felice.

Della mia classe solo una è risultata "Non ammessa", ma lo sapevamo già perché aveva consegnato in bianco il foglio con il problema e quello con l'esercizio di analisi logica.

L'orale... Chi mi trovo davanti quando mi siedo

per la prima interrogazione d'italiano? Proprio quel Maestro che ci aveva dettato il tema e che mi aveva colpito per la sua faccia simpatica.

– Signorina Ferrari, – mi ha detto dopo aver dato un'ultima occhiata al mio tema che aveva sul tavolo e che io avevo riconosciuto subito – signorina Ferrari (ormai siamo grandi e ci danno del "lei"), mi spieghi quella frase alla fine del suo lavoro, dove prega il soldato di non farsi ammazzare.

Ci siamo. In principio sono rimasta muta, ma poi ho visto che la faccia del Maestro era quasi sorridente e allora non sono riuscita a frenarmi. Gli ho raccontato dei ragazzi della nostra città rimasti uccisi, di Alberto De Biase e dei singhiozzi di sua madre e della sua fidanzata, e di come anche tutti noi avessimo pianto in chiesa durante il funerale.

– Lei si esprime in modo molto colorito – mi ha detto il professore, e poi mi ha chiesto se per caso io fossi contro questa guerra.

– No, no, sono d'accordo – mi sono precipitata a rispondere. – So che bisogna liberare le terre irredente… anche se…

"Anche se" mi era sfuggito e a questo punto il Maestro ha incominciato a incalzarmi perché proseguissi il discorso.

E così ho ricominciato e gli ho confidato che il

nostro dottore diceva sempre che se avessimo insistito, Trento e Trieste ce le avrebbero date senza che facessimo la guerra e in questo modo ci saremmo risparmiati di far morire tanti giovani.

– Lei deve avere un dottore molto bravo – mi ha detto il Maestro, e io sono rimasta a bocca aperta perché era anche vero che il nostro dottor Zanussi è molto bravo, ma il Maestro come faceva a saperlo?

Finalmente è finito tutto. Evviva! Sono stata promossa con voti che vanno dal 7 (disegno), all'8 (storia) e al 9 (italiano e matematica).

Le Maestre non avevano proprio indovinato: gli esaminatori non si erano per niente offesi per il brano finale del mio tema.

Marco aveva avuto tutti 10, tranne il disegno.

Papà è stato molto contento di me e mentre mi riaccompagnava a casa mi ha raccontato che avevamo un ospite. Così alla mia gioia si è aggiunta anche la curiosità.

10 agosto 1915

Oggi è San Lorenzo. Stanotte cadranno le stelle e proprio Lorenzo si chiama il nostro ospite.

In realtà Lorenzo è la traduzione italiana di Lawrence, che invece è un nome inglese. Il nostro ospite infatti è proprio un inglese, ma non uno qualsiasi. Lawrence è il cugino primo di papà, e con mio padre ha passato un intero mese ogni estate per buona parte della loro vita, fino a che sono diventati adulti. Anche Lawrence era rimasto orfano da piccolo, come papà, e come papà era stato cresciuto da certi suoi zii, anche se papà a Udine e Lawrence a Liverpool.

Era in quella città così lontana che suo padre si era trasferito dopo aver sposato una ragazza inglese, e per questo Lawrence era nato in Inghilterra.

Come dicevo, ogni mese d'agosto Lawrence e papà si sono scambiati delle visite, un anno a Udine o nella campagna delle ziette vicino a Verona, e un anno a Liverpool, sul mare d'Inghilterra.

E così papà ha imparato molto bene l'inglese e Lawrence l'italiano. Per questo non protesta quando per far prima lo chiamo Lorenzo, e si diverte a scherzare con me con un buffo accento che mi fa sempre ridere (ma io non glielo dico perché non sarebbe educato).

Papà, fra parentesi, oltre all'inglese conosce anche il francese e ancora meglio il tedesco, perché nell'infanzia ha avuto una istitutrice austriaca che doveva chiamare *fräulein*.

Papà avrebbe desiderato una *fräulein* anche per noi, ma la mamma non è stata d'accordo perché aveva paura di offendere Antonietta che si considera da sempre la nostra "vicemadre". Comunque papà ci parla spesso in tedesco per farci esercitare e Giancarlo lo ha imparato molto bene, mentre io m'arrangio ma non capisco proprio tutto.

Chiusa la parentesi, devo tornare a Lawrence.

Lawrence è malato ed è venuto da noi in licenza di convalescenza perché qui a Castelforte, specie sotto gli alberi, l'aria è molto buona e non succede come in Inghilterra che ogni minuto piove e bisogna correre in casa e allora addio aria.

A Lawrence è successa una cosa terribile. Mentre combatteva con le truppe inglesi per arrestare l'avanzata dei tedeschi in Belgio e si trovava in una località chiamata Ypres, a un certo punto ha visto avanzargli contro nel cielo una specie di grande nuvola giallastra. In principio ha pensato al riflesso del fuoco dei cannoni, ma poi ha capito di che cosa si trattava e si è infilato di corsa la maschera, ma era un po' tardi.

Insomma, quella nuvola era gialla per via dei gas asfissianti che i tedeschi con molta cattiveria avevano buttato contro i soldati che li combattevano. Ma chissà magari poi il vento è cambiato ed è andato a finire in testa a loro.

Lawrence si è salvato con la maschera antigas, ma non proprio del tutto, e così i suoi polmoni sono rimasti un po' danneggiati e anche sulle mani ha i segni di due o tre ustioni, già quasi cicatrizzate. Da allora, però, gli è presa una gran tosse che solo adesso, respirando l'aria pura di casa nostra, gli sta lentamente passando.

Il 22 aprile 1915 le truppe francesi schierate presso Ypres (Belgio), sprovviste di maschere antigas, vedono avanzare nella loro direzione una fitta nube di gas giallo-verdastro sempre più alta: è costituita da 168 tonnellate di gas cloridrico, estremamente tossico, emesso per 8 minuti grazie a bombole portate dai tedeschi in prima linea. I soldati "gasati" dall'iprite (chiamata dai soldati "gas-mostarda", per via del suo colore giallo intenso o secondo altri a causa dell'odore che la contraddistingue) saranno 15.000 e i morti per asfissia 5.000.

Papà, come del resto noi, è rimasto molto colpito da questa storia e se l'è fatta ripetere più d'una volta con tutti i particolari.

L'altra settimana ha detto a Lawrence che, nel caso se la fosse sentita, avrebbe voluto portarlo con sé a Udine a raccontare al colonnello Ambrosini la storia dei gas e di come andavano le cose dove ha combattuto lui.

Il colonnello Ambrosini è stato il comandante di papà al tempo in cui faceva la scuola allievi ufficiali, e ora l'aveva trovato al Comando di Udine, quando si era presentato allo scoppio della guerra per arruolarsi e l'avevano mandato indietro.

Lawrence era un po' incerto, non perché non si sentisse in forma, ma perché pensava che questo genere di storie al Comando le sapessero a memoria, ma si vedeva che sotto sotto era contento all'idea di farsi un viaggetto e vedere orizzonti diversi.

La mamma invece ha insinuato, un po' nervosa, che tutta questa voglia di presentarsi a Udine era perché papà aveva paura che si fossero dimenticati il suo richiamo, e lui naturalmente si è offeso. Però forse questa volta la mamma aveva ragione. È abbastanza chiaro che papà, vedendo partire tutti, uno dopo l'altro, si sente a disagio e perciò scalpita un po'.

Infatti quando sono ritornati da Udine appariva soddisfatto. Ha raccontato animatamente che il colonnello si era dimostrato molto interessato alle parole di Lawrence e che aveva concluso il colloquio dicendo a papà: – Molto presto avremo bisogno di lei.

Naturalmente la mamma si è subito rabbuiata, ma papà chi lo fermava? Era troppo entusiasta.

Lawrence è stato come al solito molto gentile e ha cercato di far svagare la mamma chiacchierando con lei e chiedendo con molta insistenza di farci sentire una delle sue romanze. La mamma ha finito per rasserenarsi, e figuriamoci noi.

Papà aveva comprato in città un grosso e bellissimo quaderno blu con sopra impressi dei gigli di Firenze e una sera ci ha detto: – Voglio scrivere su questo quaderno tutti i particolari di quello che ha vissuto Lawrence, se no fra qualche anno avremo solo dei ricordi confusi, o peggio, avremo dimenticato tutto.

Il giorno dopo ha chiamato Lawrence accanto a sé e ha cominciato a scrivere veloce, fermandosi ogni tanto a fare domande su questo o quel punto. Poi a tavola ci ha comunicato che intitolerà quello che scrive sul quaderno *Diario di guerra*, e la mamma ha riso un po' di lui. – La guerra degli altri! – gli ha detto scherzando.

Questa frase ci ha veramente portato sfortuna.

Mentre, alla fine del suo permesso, Lawrence stava preparando i bagagli, è arrivato al cancello un soldato in motocicletta.

– Ho una lettera per il signor maggiore Aldo Ferrari – ha detto il soldato tutto rosso e affannato.

Papà gli ha strappato la lettera dalle mani, l'ha letta e poi ha alzato su di noi un viso emozionato. – Mi vogliono. Hanno bisogno di me al Comando – ci ha detto con voce solenne.

Così questa volta il mio papà è partito davvero.

22 ottobre 1915

Come è triste la vita senza papà! La mamma è sempre di umore nero e una volta si è lasciata scappare con me una frase tipo: «Se il mio destino era quello di rimanere sola, allora era meglio restare a Milano a fare la cantante...». Come se la guerra fosse stata una decisione autonoma di papà, giusto per far un torto a lei!

Eppure non siamo così tanto, e sempre, soli. Papà riusciamo a vederlo con una certa frequenza.

Dopo che aveva portato Lawrence a raccontare la sua esperienza con i gas, al Comando si devono essere ricordati di papà e del fatto che lui conosce tutte le lingue, e anche la zona di guerra, come le sue tasche. E così gli hanno dato l'incarico di tenere il collegamento con gli eserciti alleati che combattono accanto a noi nelle stesse vallate, e cioè gli inglesi e i francesi.

Durante la Prima Guerra Mondiale il Regio Esercito italiano si dota di una rete di ufficiali detti "di collegamento" estesa sul territorio per assicurare un flusso costante di informazioni tra il Comando Supremo italiano e i reparti sulla linea del fronte e garantire un nesso permanente fra gli Stati Maggiori degli eserciti della Triplice Intesa, consentendo il coordinamento delle azioni di guerra nei diversi settori interessati dagli scontri con le truppe degli Imperi Centrali.

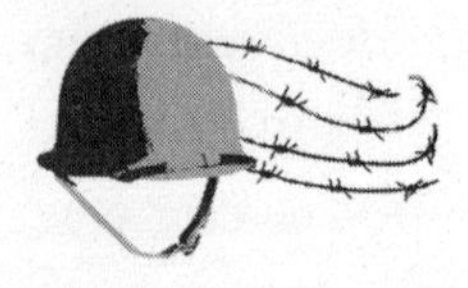

Papà quindi lavora al Comando di Udine e, quando non si deve spostare per il suo incarico, se ha un giorno libero o una licenza (non so bene come si chiami nel linguaggio militare), viene di corsa a trovarci.

Insomma, lo vediamo.

Papà dice che la sua è un'attività molto interessante, anche se sui particolari non ci racconta praticamente nulla perché, dice, è proibito per motivi di sicurezza. Per sfogarsi si butta sul quaderno blu con i gigli di Firenze e scrive, scrive...

– Non si può leggere – mi ha detto una volta, coprendo il foglio con la mano mentre io cercavo di sbirciare da dietro le sue spalle. – Vedrete tutto quando la guerra sarà finita –. Poi ha messo il suo *Diario di guerra* in un cassetto della scrivania chiudendolo a chiave.

Io ho cominciato la nuova scuola a Moedis e mi ci trovo abbastanza bene. I professori sono più severi delle maestre, ma in compenso sono tanti e non uno solo come la signora Maestra. Se un professore è un po' antipatico, ti puoi sempre consolare con quello dell'ora dopo.

Il fattore Andrea Zanin accompagna me e Marco al treno ogni mattina e ci viene a prendere all'ora del pranzo. Tanto Moedis è molto vicina.

È successa anche una cosa bella. Papà, non potendo più seguirmi nei compiti e nelle lezioni, ha pregato Marco di aiutarmi qualche pomeriggio con la matematica. Così Marco viene a casa nostra ufficialmente, un po' a studiare e un po' a chiacchierare, ed è proprio inutile che Antonietta faccia gli occhiacci...

Insomma, contrariamente a quanto ho scritto all'inizio, devo dire che le mie giornate non sono tanto male.

Quando resta molti giorni senza poterci raggiungere, papà ci scrive delle lettere e la mamma ce le legge a voce alta all'ora di cena, poi le mette via. Le tiene tutte legate con un nastrino azzurro smerlettato.

Come si vede, tutto potrebbe andare abbastanza bene se non fosse per il fatto di vedere la mamma con il viso allungato dalla tristezza. Noi in famiglia eravamo abituati a un'atmosfera abbastanza allegra, e questo tono di lutto mi sembra che non porti neanche bene. Cosa pagherei perché a casa si potesse tornare a ridere un po' tutti quanti, almeno ogni tanto! Lo so che c'è la guerra... ma ogni tanto...

9 novembre 1915

Decisamente devo essere un tipo fortunato: avevo appena espresso il desiderio di vedere di nuovo un po' d'allegria a casa ed è successo. L'allegria è arrivata.

I fatti sono andati così.

Si era cominciato con notizie di guerra, buone ma anche tristi. Il buono era che si era appena conclusa la nostra terza offensiva sull'Isonzo e i nostri soldati erano riusciti ad avanzare sul Carso e sull'altopiano della Bainsizza, fino quasi a conquistare Tolmino e Gorizia. Il triste era che il numero di morti e feriti era stato enorme, e questo non l'aveva detto solo il dottore quando mi aveva visitato la gola, ma anche mio papà.

Però sono cose che forse devono succedere, perché la nostra patria possa uscire vittoriosa da questa guerra.

Tra il 18 ottobre e il 4 novembre 1915 si svolge sul fronte italiano la Terza Battaglia dell'Isonzo, offensiva italiana volta a conquistare Gorizia, Tolmino e il Monte San Michele.

La manovra, che provoca tra le file italiane ben 10.633 morti, 44.290 feriti e oltre 7.000 dispersi, si conclude senza sostanziali variazioni di posizione: le postazioni austriache - tra cui il Monte Sabotino, brevemente occupato dagli italiani - restano infatti ancora saldamente in mano nemica.

Be', un po' per festeggiare la vittoria, un po' per esprimere solidarietà con i soldati feriti, la mamma era stata pregata di tenere un concerto di beneficenza nella sala grande del Municipio. La mamma naturalmente ha accettato, anche perché comunque cantare le piace.

È stato in questa occasione che ha conosciuto la persona che in poco tempo è diventata la sua amica del cuore, anzi l'amica del cuore di tutta la nostra famiglia.

Lei è una contessa russa di nome Olga Orloff, però in Russia si usa chiamarla al femminile e cioè Orlova. È bellissima, con un filo di perle al collo e grandi cappelli piumati in testa, ed è così elegante che persino mia madre sparisce, accanto a lei.

La Orlova è una pianista più che famosa in Russia, ma le è preso un reumatismo alle dita, cosa che per una pianista risulta piuttosto scomoda.

Noi non lo immaginavamo neanche, ma sapete dove vive il più celebre specialista di reumatismo dei musicisti di tutta Europa? Proprio a Udine. È uno spagnolo di nome José Cortez e pare che tutto il mondo lo conosca.

Non è assolutamente un ciarlatano, ci ha spiegato la Orlova, ma un vero dottore e studioso che ha messo a punto una sua tecnica segreta molto efficace.

Ma a Udine ci sono troppi soldati, troppi ospedali militari e altre cose tristi, e così la contessa Olga ha preferito affittare una bella villa nella nostra città e andare in treno a Udine per le sedute con il suo medico.

Più combinazione di così!

La Orlova si è letteralmente "innamorata" di mia madre. – Chi poteva immaginare che avrei incontrato un'altra artista in questa meravigliosa campagna così sperduta? – dice sempre, e così ha adottato sia la mamma che tutti noi. Viene continuamente a casa nostra, carica di dolci e di regali, ci abbraccia, ci riempie di complimenti e ci ricorda ogni due minuti che ormai siamo diventati la sua piccola e deliziosa famiglia.

Specialmente Emanuela stravede per lei. Nel sentirsi così coccolata e vezzeggiata è tornata a fare la bambina piccola, tutta smorfiette e broncetti, e la Orlova ci casca in pieno e va in visibilio.

E pensare che quest'anno Emanuela, finalmente entrata in prima elementare, era diventata più franca e spontanea! Ora ha ricominciato a parlare come una bambina di tre anni ed è veramente insopportabile.

Anche a me la contessa Olga, o "zia Olga", come vuole che la chiamiamo, fa un mucchio di complimenti, ma ha forse sbagliato obiettivo. Nel senso che continua a ripetermi che diventerò bella tale e quale mia madre, e io, bella o non bella, come mia madre non ci voglio proprio diventare.

Però è con la mamma che la Orlova passa delle ore a parlare fitto fitto. Spesso escono in giardino e si confidano le cose sussurrando all'orecchio come se fossero due amiche di collegio, e poi ridono. Così la mamma è tornata allegra come prima, e anche di più perché con la zia Olga si fanno degli scherzi, e con papà non li faceva.

Oltre a Giancarlo, che verrà a casa solo per le feste di Natale (la Orlova si è fatta dare le sue fotografie e ha decretato che è un bellissimo ragazzo, mah!), quello della nostra famiglia che zia Olga non conosce è proprio papà perché ormai è un bel pezzo che non gli danno una licenza.

Olga è molto curiosa, si è fatta dare il ritratto di papà e l'ha rimirato a lungo, poi ha voluto una sua lettera perché lei è anche un'esperta di calligrafia, cioè da come uno scrive indovina il carattere e altre cose ancora.

– Non vedo l'ora d'incontrare il vostro papà – ci ha detto, e ci ha spiegato che le sembra un uomo assolutamente affascinante.

3 gennaio 1916

Siamo ormai all'anno nuovo e la Orlova e papà si sono finalmente conosciuti. Papà è venuto a casa per le feste e zia Olga era sempre con noi: ci è rimasta persino per il pranzo di Natale.

Prima ha cominciato a fare un bel po' di complimenti a Giancarlo che, devo dirlo, le ha risposto in modo molto compìto (si vede che sta diventando grande e quando vuole sa come comportarsi), ma poi a cena si è dedicata talmente tanto a papà che se io fossi stata la mamma sarei diventata gelosa. E bisogna dire che papà in divisa, con i suoi gradi, è proprio bello.

La Orlova non faceva che rivolgersi a lui, tempestandolo di domande, e quando papà le ha fatto osservare che per quello che riguardava la sua attività nell'esercito non poteva certo rispondere, ha agitato un dito con aria complice: – Lo sappiamo, lo sappiamo…

qui abbiamo un nuovo Tolstoj che vuole tenere le sue avventure tutte per il "dopo".

Tolstoj, mi ha spiegato la mamma, è un russo che ha scritto un libro sulla guerra, su per giù come credo voglia fare papà, e quindi zia Olga voleva alludere proprio al famoso *Diario di guerra*.

Ma lui non è rimasto affatto contento. – Scrivo degli appunti per me stesso, non per pubblicarli – ha risposto secco, guardando la mamma con occhi di fuoco, e ha aggiunto che non immaginava che questa sua privata attività meritasse di essere divulgata.

La Orlova si è affrettata a precisare che la mamma aveva fatto solo un cenno scherzoso su quel quaderno e lei, ha aggiunto, sapeva benissimo che era una cosa senza importanza... per carità...

Poi ha cambiato discorso e ci ha fatto divertire moltissimo per tutta la serata, raccontandoci della vita a

Lev Nicolaevič Tolstoj (1828-1910) è un importantissimo scrittore russo. Filosofo, drammaturgo e pensatore, Tolstoj è autore in particolare del celebre romanzo storico *Guerra e Pace*, pubblicato a puntate tra il 1865 e il 1869 su una rivista dell'epoca. Ambientato nella Russia del primo Ottocento, il racconto si snoda tra le vicende delle due famiglie Bolkonskij e Rostov negli sviluppi storici che coinvolgono l'Impero zarista di quegli anni, tra cui la Campagna napoleonica di Russia del 1812.

Mosca e a Pietrogrado e rivelandoci tutti i pettegolezzi che giravano alla corte dello zar. È stata così briosa che alla fine papà era tornato di nuovo allegro.

Il giorno dopo si è fatto serio un'altra volta perché c'era nell'aria una discussione in famiglia.

Il fatto è che lo scorso novembre Udine è stata bombardata dagli aeroplani nemici e tutto fa pensare che gli austriaci continueranno.

Papà si sarebbe sentito più tranquillo se Giancarlo fosse tornato a casa e si fosse iscritto alla scuola di Moedis, ma Giancarlo non ne voleva sapere. Diceva che un aereo non può fare tanto danno, che la scuola continuava a funzionare, e che figura ci avrebbe fatto lui, se fosse stato il solo alunno a venire ritirato?

– Gli altri vivono sempre a Udine, tu la casa l'hai qui – gli ha detto papà, già un po' perplesso, ma Giancarlo ha insistito, parlando in modo molto serio e maturo.

Il verdetto finale è stato questo: Giancarlo potrà finire l'anno scolastico a Udine ma poi, dopo l'estate, verrà iscritto anche lui a Moedis. Anche perché contemporaneamente papà convincerà le ziette a trasferirsi nella loro tenuta vicino a Verona... Almeno saranno in una zona meno pericolosa.

Nella prima mattinata di venerdì 19 novembre 1915 Udine è fatta oggetto di un bombardamento aereo da parte austro-ungarica. Quindici bombe vengono sganciate da 1.000 m di altezza da una mezza dozzina di aerei austriaci: 12 saranno le vittime e 27 i feriti, di cui ben 19 civili. I bombardieri idrovolanti della Flik (la Squadriglia aerea austriaca), tra cui in particolare il Lohner L40, sono in grado all'epoca di trasportare anche 150 kg di bombe del peso variabile di 5-50 kg ciascuna.

La Orlova, che aveva partecipato alla discussione difendendo Giancarlo a spada tratta, ha battuto le mani gridando: – Che verdetto degno di Salomone!

– Tanto fra un anno la guerra sarà finita – mi ha sussurrato fra i denti Giancarlo, e io spero proprio che sarà così... Papà sarà di nuovo con noi e la Orlova, speriamo guarita, se ne tornerà a Mosca.

Avevo notato che Marco Zanin non era di buon umore, e pensavo che fosse per il fatto che, essendoci papà a casa, non aveva l'occasione di venire a studiare con me. Però ci eravamo visti lo stesso e, quando il tempo lo permetteva, ce ne andavamo come sempre a passeggiare fra i campi.

Ma un giorno è sbottato: – Quella contessa non mi piace. Mi sembra falsa... credo che racconti frottole.

Anche per queste parole al principio mi ero data una spiegazione... Zia Olga, essendo appunto contessa, non si è dimostrata certo espansiva quando ha saputo che Marco era solo il figlio del nostro fattore, e lo salutava un po' dall'alto in basso.

– È sempre in mezzo, – ha continuato Marco – fa un mucchio di domande e vuole sapere tutto. Persino le lettere di tuo padre vorrebbe leggere.

Insomma, Marco aveva un'idea in testa e dietro la mia insistenza l'ha tirata fuori. Sì, lui pensava che la Orlova fosse una spia.

Una spia? A questo punto mi sono messa a ridere, perché una volta tanto ne sapevo più di Marco.

– Guarda che i russi sono nostri alleati, non nemici.

E sapete cosa mi ha risposto Marco?

– Chi ti ha detto che sia russa?

Be', allora... se una che vive a Mosca e conosce personalmente anche lo zar non è russa, allora a cosa dobbiamo credere?

Ma Marco insisteva: – Lo dice lei di essere russa. Anch'io posso raccontare di essere indiano –. Mentre continuavo a restare a bocca aperta, Marco ha cominciato a farmi riflettere. Lui è un grande osservatore e poi, certo, io gli racconto sempre tutto.

È vero che la Orlova preferiva sempre portare il discorso sulla guerra e voleva sapere dove si trovava papà, cosa faceva, e «quando torna», «dove andrà quando riparte» e così via, però io credevo che lo volesse sapere perché le è simpatico. Ma sì, credo che sia per questo.

– Stai attenta, sorvegliala sempre – mi ha detto invece Marco con energia, stringendomi un po' sgarbatamente il braccio.

E così ho fatto. Ho cominciato a seguirla silenziosamente ovunque si spostasse.

Be', una cosa mi ha stupita. Stava giocando a nascondino con Emanuela ed era lei di turno per cercare mia sorella. Però è strano... Emanuela sarà anche piccola... ma perché mentre la Orlova gridava: – Dove sei? Dove si è nascosta la mia bambina? – la cercava addirittura nei cassetti della scrivania di papà?

4 febbraio 1916

Ormai io e Marco non parliamo d'altro. Per la verità è Marco a essere sempre più convinto e a trascinarmi nelle sue supposizioni. Secondo lui, a dirla in una parola, nelle stanze di casa nostra si aggira una spia. Più chiaro di così…

Ma non si tratta solo di una fantasia, Marco si è anche mosso. Ha cominciato ad andare a passeggiare sempre più spesso (lui è più libero di me, che non lo sono affatto) nella zona centrale della nostra piccola città e a chiacchierare con un negoziante e con l'altro, riuscendo sempre a portare il discorso sulla contessa Orlova e ricavandone ogni volta qualche informazione, tipo orari, spostamenti, vita mondana…

La Orlova ogni tanto parte, ma questo lo sapevamo già. Non sempre, però, prende il treno per Udine. Vuol dire che i suoi itinerari sono cambiati, e questo non lo sapevamo.

Molte volte Marco si apposta anche vicino alla villetta che zia Olga ha preso in affitto in fondo a un bel viale alberato e tranquillo.

Una sera ho sentito chiaramente un sassolino colpire il vetro della mia finestra e mi sono affacciata. In giardino c'era Marco che mi faceva segno di scendere.

Sono scivolata giù silenziosamente e ho aperto la porta sul retro perché fa meno rumore.

– L'ho sorpresa – mi ha detto subito Marco tutto affannato. – La Orlova stava camminando al buio in compagnia di un signore. Andavano avanti molto piano perché parlavano fitto fitto.

– Che male c'è? La Orlova può anche avere un fidanzato... – ho mormorato perplessa.

– Il male è che non parlavano russo, né tanto meno italiano. No, l'ho riconosciuto all'istante! Parlavano tedesco!!!

In tedesco? Be', al principio ho cercato di dire che anche mio padre, e Giancarlo, e qualche volta io parliamo in tedesco, ma la frase mi si è strozzata in gola. Il buio, quella lingua tedesca che la Orlova non ci ha mai raccontato di conoscere, mentre si vantava del suo francese, del perfetto italiano...

Cosa facciamo? Ma Marco, senza tener conto del mio turbamento, continuava a martellare: – Quel dottore, quel Cortez di Udine che dovrebbe curare i reumatismi... Scommetto che non è affatto un medico. Forse è il signore con cui la contessa parlava stasera.

– Un'altra spia ancora?

– Sì, un'altra spia. Lei va a Udine a portargli le notizie e qualche volta lui le restituisce la visita.

Devo dire che ho faticato a risalire le scale perché mi tremavano le gambe.

Poi anch'io ho preso un'iniziativa. Ho detto che avevo di nuovo il mal di gola e mi sono fatta accompagnare dalla mamma dal nostro dottor Zanussi.

Per fortuna, dopo che il dottore mi aveva visitato non trovandomi giustamente quasi nulla, la mamma si è distratta perché era entrata in anticamera la moglie del signor Sindaco.

Mentre la mamma chiacchierava con lei di una prossima festa di beneficenza, io sono sgusciata di nuovo dal dottor Zanussi e gli ho chiesto: – Per caso conosce un medico di Udine che cura il reumatismo alle mani e che si chiama José Cortez?

Il dottor Zanussi dopo un attimo d'incertezza ha scosso la testa, ma io ho insistito: – Non potrebbe guardare se c'è il suo nome nel libro dei medici?

Il dottore mi ha fissato con aria interrogativa aspettando una spiegazione, ma vedendo che non aggiungevo parola ha borbottato solo: – Va bene, va bene, ora guardiamo.

La legge 455 del luglio 1910 istituisce in Italia gli Ordini provinciali dei medici chirurghi, dei veterinari e dei farmacisti. Per esercitare validamente la professione è a quel punto indispensabile iscriversi negli Albi provinciali corrispondenti. Sono sottoposti a tale obbligo anche gli stranieri che abbiano conseguito il diploma professionale sia all'estero (purché il Paese da cui provengono abbia concesso diritto di reciprocità ai professionisti italiani) sia in Italia.

Il nostro dottore ama molto i bambini, ma non è di quelli che insistono per ricevere le loro confidenze. Li lascia liberi di parlare solo se vogliono. E io, per questa volta, non volevo.

Ha sfogliato un po' un libro e poi ha detto: – Qui il nome di José Cortez non c'è.

– Forse perché è straniero? – ho azzardato.

– No, – mi ha spiegato il dottor Zanussi – se esercita a Udine per forza deve essere segnato nell'Albo provinciale.

Gli ho detto grazie e, mentre lui mi salutava con il solito sguardo affettuoso, come a dire "se vuoi raccontare qualcosa, fallo... se no sarà per un'altra volta", sono corsa a raggiungere la mamma.

La mamma. Non c'era niente da fare. A questo punto dovevo tentare di raccontare qualcosa a mia madre. Non potevamo tenerci tutto per noi, io e Marco. E papà chissà quando verrà.

Ho cercato di prendere il discorso alla lontana e le ho portato una cartolina che ci hanno dato a scuola. Sopra c'è rappresentata una signora con la corona, vestita solo di una bandiera tricolore, che di sicuro rappresenta l'Italia. La signora Italia ha un dito appoggiato sulle labbra e sotto c'è scritto: *TACETE! ANCHE IL VOSTRO SILENZIO AFFRETTERÀ LA VITTORIA*.

La mamma l'ha guardata senza fare commenti. Allora io mi sono infervorata a spiegare che ci avevano raccomandato di non raccontare niente di quello che riguarda la guerra, e specialmente delle lettere che si ricevono dal fronte, perché il nemico è nascosto da ogni parte per ascoltare e spiare.

La mamma ha detto che era giusto e lì si è fermata. Allora ho chiuso gli occhi e mi sono tuffata.
– La zia Olga vuol sapere troppe cose di papà e della guerra – ho buttato lì tutto d'un fiato.

Nel corso della guerra, ma soprattutto dopo il giugno 1916, si diffonde in Italia una vera e propria ossessione per le spie nemiche. *Bisogna saper tacere se si vuole vincere. Dappertutto, insomma, il nemico spia, vede e sente,* recita una propaganda della Croce Rossa che su cartoline, francobolli e cartelli appesi nei negozi rappresenta l'Italia come una donna avvolta nel tricolore che con il dito indice sulle labbra ammonisce: *Tacete! Anche il vostro silenzio affretterà la vittoria.*

– Zia Olga? Ma allora sei proprio una sciocchina, e a scuola riescono solo a confonderti le idee! –. La mamma era proprio indignata. – Quella scritta e quella raccomandazione – mi ha spiegato rivolgendosi a me e scandendo le parole come di fronte a una bambina dell'asilo – riguarda gli estranei, non gli amici più cari della nostra famiglia.

Quando, sconsolata, gliel'ho raccontato, Marco mi ha detto: – Dovremo fare tutto da soli!

20 marzo 1916

Con Marco abbiamo discusso a proposito di Giancarlo. Lui ha più anni di noi e malgrado i suoi numerosi difetti non è stupido.

Raccontargli tutto, approfittando di uno dei suoi ritorni a casa di fine settimana?

I rischi erano due. O che non ci credesse affatto e cominciasse a prenderci in giro in quel suo modo aggressivo e arrogante o, al contrario, che si convincesse. E allora... Chi lo avrebbe tenuto, allora! Così patriota ed esagerato com'è! Avrebbe provocato uno scompiglio in famiglia e sicuramente all'ultimo momento avrebbe buttato tutta la colpa su di me.

Abbiamo perciò deciso di procedere con astuzia e prudenza, a piccoli passi, usando per esempio il tono della chiacchiera. Così, quando Giancarlo è venuto, gli ho raccontato che secondo me la Orlova aveva un innamorato, ma lo teneva segreto dicendo a tutti che era il suo medico. – Vive a Udine – gli ho precisato, e poi, fingendo una enorme curiosità: – Tu che giri tanto la città, perché non cerchi di scoprire chi è un certo José Cortez, e magari dove abita?

– Cortez? Uno spagnolo! – ha riso Giancarlo, poi, guardandomi malizioso: – Ah, mi stai diventando pettegolina! – mi ha detto, ma si vedeva che la cosa lo divertiva. Ero stata proprio brava.

Dopo dieci giorni mi è arrivata una lettera di Giancarlo. – José Cortez è un fotografo che ha lo studio a casa. Abita in via Pelliccerie 7…

Un fotografo!

Be', la prima vera bugia della nostra "zia Olga" l'avevo proprio smascherata.

3 maggio 1916

È successa una cosa terribile. È cominciata con delle grida che arrivavano dalla parte della cucina, e io lì per lì ho pensato ai ladri, o peggio, che gli austriaci ci avessero invaso...

Invece era Bastianina. Però quando io e la mamma siamo arrivate di corsa, la porta della cucina sbatteva come se qualcuno ne fosse appena uscito. E Bastianina non stava urlando come ci era sembrato, ma era distesa per terra che sembrava morta. C'era anche Antonietta, e singhiozzava così forte che in principio non riuscivamo a capire neppure una sillaba di quello che provava a dirci.

– *Gigi... al fi d'Pinin... lu han copat... in trincea.*

Il figlio del Pinin... morto. Non era possibile! Luigi, il figlio del Pinin, il fidanzato di Bastianina, così forte e sicuro... quello che aveva salvato un bambino dal fiume... morto in guerra...

Mentre noi ce ne stavamo lì mute, attonite, sono arrivate due sorelle più piccole di Bastianina e se la sono portata via, ma dopo una mezz'ora una è ritornata dicendo che sua madre l'aveva mandata ad aiutare Antonietta al posto di Bastianina.

Abbiamo poi saputo che il figlio del Pinin è stato ancora una volta un eroe. Era rimasto solo su uno spunzone del Carso a sparare per tenere a bada gli austriaci, e aveva sparato fino a quando tutto il suo gruppo era riuscito a mettersi in salvo. Poi era stato colpito al petto. Ma gli austriaci non avevano immaginato che di fronte a loro ci fosse un uomo solo e così si erano ritirati, e quello spunzone di roccia era tornato in mano italiana.

Il Comando ha deciso di dargli la medaglia d'argento, e questa volta lo hanno fatto davvero, non come allora, quando aveva salvato il bambino e il signor Sindaco, di dare la medaglia al Pinin, prima l'aveva detto e poi se lo era dimenticato. Solo che il Luigi ora non c'era più, e la medaglia l'ha ritirata sua madre, mentre qualcuno dal palco diceva forte che il figlio del Pinin «era stato un esempio costante e fulgido d'indomito ardimento» e altre cose ancora, ma io queste parole mica le ho capite tanto bene, e neanche gli altri, credo.

Prima della cerimonia era stata celebrata una Messa.

Non ho mai visto tanta gente piangere così forte. Il figlio del Pinin era il personaggio più popolare e più amato della nostra città.

Allora ha ragione il dottor Zanussi che questa guerra è una bruttissima cosa che fa morire tutti i migliori giovani.

In Chiesa e al Municipio c'era anche la Orlova, che cercava di consolare mia madre che si portava continuamente il fazzoletto agli occhi. Cercava anche, mi sembra, di consolare altra gente, perché parlava un po' con tutti, ma io e Marco questa volta non avevamo voglia di occuparci di lei.

Dopo una settimana Bastianina è tornata, perché sua sorella è troppo piccola e non sa far niente.

È così cambiata Bastianina! Quando spolvera la camera da letto non si guarda più nello specchio della mamma.

30 maggio 1916

Papà è tornato a casa dopo un lunghissimo periodo. Della morte del figlio del Pinin l'aveva saputo e mi è sembrato terribilmente addolorato. Ma non solo per lui. Papà era davvero tanto cupo e si è lasciato sfuggire che i morti sono molti, troppi... troppi soldati, e anche ufficiali... e migliaia di feriti...

Poi si è chiuso nel suo studio e ha cominciato a scrivere sul suo *Diario di guerra*. Ne deve aver raccontate di cose, se per tre ore nessuno lo ha più visto!

La Orlova in questi giorni non c'è perché è in giro per uno dei suoi viaggi. Papà ha chiesto di lei, ma solo perché gli dispiaceva lasciare sola la mamma senza che avesse il conforto della sua amica.

Così non ho avuto il coraggio di dirgli niente. Sarà per la prossima volta. Ma mi è sembrato che papà nell'allontanarsi da noi si trascinasse un po', come se avesse perduto parte del suo entusiasmo.

29 giugno 1916

Un altro anno scolastico si è concluso, per fortuna abbastanza bene per me e naturalmente benissimo per Marco. Il ginnasio non è poi così terribile. Basta studiare un po' di più, e noi lo abbiamo fatto. Tutto qui.

Papà finalmente è venuto e ci ha riportato Giancarlo, che esibisce un viso quanto mai cupo e i soliti modi sgarbati.

Certo una cosa è tornare a casa come tutti gli anni solo per le vacanze, e un'altra cosa è sapere che ci resterai per sempre. Sì, va bene, ti muoverai per andare a scuola, ma la sera ti aspetterà la solita stanza di quando eri piccolo e la compagnia di mamma e sorelle.

Io in questa situazione non ci trovo niente di strano, ma lo so che per Giancarlo non è così. Era troppo abituato al movimento e alla libertà di Udine!

Ma non c'è stato niente da fare. Papà, che aveva ottenuto una licenza più lunga proprio per poter organizzare la famiglia, ha già accompagnato le ziette a Verona e lì, lontano dai bombardamenti e dal viavai di una città come Udine, che ormai è diventata proprio la "capitale della guerra", resteranno, credo, fino alla fine.

– Va bene per tutti – ci ha detto papà. – È comodo avere a disposizione una casa funzionante lontana da dove c'è pericolo.

Ma credo che parlasse a vanvera, perché la nostra cittadina gli austriaci non si sono mai sognati di bombardarla, e quindi noi siamo del tutto tranquilli.

Comunque anche papà, come Giancarlo, ci sembrava triste e depresso. Come al solito si è chiuso nello studio a scrivere su quel suo diario e come al solito, anche se appariva pensieroso e assorto, non si è dimenticato di chiudere a chiave il cassetto. Solo che questa volta la chiave l'ha nascosta sotto alle carte di un cassetto vicino.

La Orlova era di nuovo in viaggio, ma nello scambio di corrispondenza che tiene sempre con la mamma le aveva scritto che stava per arrivare. Ci teneva molto a salutare papà che non vedeva da tanto tempo.

Parlare di zia Olga proprio ora, con papà? Era questa l'occasione giusta?

Marco e io non ci decidevamo per paura di non

essere presi sul serio, e poi... Quando la Orlova è lontana ci sembra che anche il nostro problema si sia allontanato, come se fosse tutta una nostra fantasia.

Ma era papà che voleva parlare con tutta la famiglia.

– Non lavorerò più al Comando – ci ha detto una sera all'improvviso. – Quando finirò la licenza partirò anch'io per il fronte. Hanno bisogno di tutti, e mancano tanti di quegli ufficiali...

Papà aveva detto "mancano" con voce leggermente incerta. Io l'ho capito che in verità voleva dire "sono morti".

Per fortuna la mamma non ci ha fatto caso: – Ma hanno bisogno di te, al Comando! – stava già dicendo la mamma. – Tu servi per i collegamenti...

Ma papà ha scosso la testa: – Devo fare anch'io il mio dovere al fronte. Per i collegamenti gli inglesi hanno chiamato Lawrence, che non può più andare in prima linea, invece io potrò essere utile dove più serve.

– Hanno bisogno di soldati! Lo so! Ne sono morti tanti... Portami con te papà, ti prego! – è sbottato a un tratto mio fratello Giancarlo.

– Ma se non hai ancora compiuto quindici anni! Non abbiamo bisogno di ragazzini – e papà ha tranquillizzato Giancarlo, dicendogli che ce l'avremmo fatta con le forze di cui disponiamo.

Ma Giancarlo di essere tranquillizzato non aveva

il minimo desiderio e si è messo da una parte tutto fremente e rancoroso, sottraendosi alla mamma che voleva abbracciarlo.

Quando finalmente la Orlova è tornata, ha trovato la mamma piangente.

– Cosa è successo? – si è preoccupata zia Olga abbracciando la mamma e consolandola con piccole e affettuose carezze, come se si fosse trattato di mia sorella Emanuela.

La mamma le ha raccontato subito che papà era stato destinato al fronte e ha aggiunto singhiozzando che di sicuro sarebbe morto.

– Ma no, ma no – la tranquillizzava la Orlova. – Tornerà sano e salvo, ne sono sicura – e quando la mamma si stava un po' calmando ha mormorato: – Certo, devono essere proprio in crisi se rinunciano a un ufficiale che svolge compiti così importanti...

In quel momento stava entrando papà, che naturalmente aveva sentito l'ultima frase. – Non c'è nessuna crisi – ha detto ad alta voce, fulminando con lo sguardo la mamma, come era successo quando aveva raccontato alla Orlova del suo *Diario di guerra*. – Sono io che ho chiesto di andare al fronte per fare il mio dovere come tutti gli altri ufficiali.

– Ah, sei stato tu a chiederlo! –. La mamma è scoppiata a singhiozzare più forte di prima.

– Non è vero, lo sai, e comunque tu parli troppo... Siamo in guerra, no? – è esploso papà quando la Orlova si è finalmente allontanata.

– Hai ragione, papà! –. Non mi sembrava vero di avere trovato uno spiraglio per infilare il mio discorso. – Mi sembra che zia Olga voglia sapere troppe cose, e magari anche leggere le tue lettere.

– Tu, signorina, non sei stata richiesta di un parere. Io e la mamma riusciremo a spiegarci anche senza bisogno del tuo aiuto – e papà si è allontanato con la mamma verso il giardino.

Li ho visti che discutevano animatamente, e sono sicura che papà le ha fatto un bel predicozzo sul tema "silenzio e sicurezza". Certo non credo che quello che ho detto io sia stato preso in considerazione.

Sono tornati dopo un bel pezzo, tutti e due più sereni, e papà, dandomi un bel pizzicotto sulle guance, mi ha detto ridendo: – E smettila di essere gelosa di chiunque si avvicina a tua madre!

Caro papà, meno male che ti hanno tolto dal "collegamento"... Come facevi a fare quel lavoro, se non capisci niente delle persone? Fine del messaggio silenzioso, firmato Cecilia.

Quando mio padre è partito piangevamo tutti, perché lo sapevamo che non era come le altre volte. Ora papà andava dove scoppiano le granate e dove, se vedono spuntare la tua testa, dall'altra parte i cecchini ti sparano subito col fucile, mirando dritto in mezzo agli occhi.

– Stai con la testa giù – l'ho supplicato, e papà ha fatto un piccolo gesto sconsolato e affettuoso, come a dire "questa figlia è un po' matta". Ma matto è papà, perché forse è vero che l'ha proprio chiesto lui di andare al fronte.

Il pomeriggio, dopo che papà era partito da qualche ora, è arrivata la Orlova a consolare la mamma.

– Appena lo sai, dimmi in quale zona del fronte lo hanno mandato. Conosco tanta gente... Forse potremo farlo trasferire in qualche settore più tranquillo, meno pericoloso –. Poi sono uscite insieme, lei e la mamma, per andare a prendere il tè in centro.

Ho discusso con Marco. Può darsi che, malgrado tutto, convenga parlare con Giancarlo.

18 luglio 1916

Ora sì che anche sulla nostra casa si è abbattuta la tempesta. Era cominciata con la terribile storia dell'impiccagione di Cesare Battisti che tanto ci ha impressionato tutti.

Cesare Battisti era di Trento e perciò viveva sotto l'Austria, anzi era addirittura deputato al loro Parlamento, ma era di sentimenti italiani e perciò si era sempre battuto perché Trento tornasse all'Italia. Quando è venuta la guerra è scappato per arruolarsi nell'esercito italiano, ma un giorno gli austriaci lo hanno preso e hanno deciso che non era un prigioniero italiano ma un traditore austriaco scappato dalla sua terra, e perciò lo hanno impiccato.

E con lui, per la stessa storia, hanno impiccato un altro patriota italiano di nome Fabio Filzi.

Queste vicende ci hanno colpito molto, e ne abbiamo parlato anche in classe. Ma chi appariva più fuori

Nato nel 1875 a Trento, ancora parte integrante dell'Impero austro-ungarico, allo scoppio della Prima Guerra Mondiale Cesare Battisti si trasferisce in Italia arruolandosi volontario nel Regio Esercito. Insieme a Fabio Filzi, nato in Istria nel 1884, Battisti guida il 6° Reggimento Alpini fatto prigioniero dagli austriaci sul Monte Corno il 10 luglio 1916. Condotti a Trento e condannati per alto tradimento, i due ufficiali vengono impiccati nel Castello del Buonconsiglio.

di sé era mio fratello Giancarlo, che andava in giro mostrando i pugni e imprecando ad alta voce contro gli austriaci. Già da quando è tornato a casa non l'ho visto un po' tranquillo un solo giorno, ma adesso è proprio al culmine dell'agitazione.

Pensare che io e Marco avevamo deciso di parlargli della Orlova! Ma non si può farsi ascoltare da uno sempre fuori di sé!

Nel frattempo era successo un altro fatto. Era un periodo in cui lei aveva ricominciato a venire tutti i giorni a casa nostra e a girellare qua e là. Io la seguivo silenziosamente, si può dire dappertutto.

Qualche giorno fa l'avevo trovata nello studio di papà che stava cercando di aprire il cassetto della scrivania.

– Zia Olga! – non mi sono potuta trattenere dal dirle. – Quelli sono i cassetti di papà. Lui non vuole che si tocchino.

– Ah, bambina mia, – la Orlova si è voltata verso di me con assoluta calma – come è difficile orientarsi in una casa che non è la propria! Cercavo un foglio di carta da lettere…

– I fogli sono là dentro – e ho indicato col dito una cartellina di pelle sulla scrivania.

La Orlova si è battuta una mano sulla fronte e ha detto: – Oh, che sciocca sono! – e se n'è andata con tanta tranquillità da lasciarmi piena di dubbi.

Basta! Comunque ho detto a Marco: – Domani ci confidiamo con Giancarlo, per antipatico e scorbutico che sia.

Ma l'indomani Giancarlo non c'era più.

Lo hanno cercato dappertutto, hanno mandato Bastianina a casa del fattore, ma niente. Mistero assoluto.

Solo verso sera è arrivato il garzone del caffè di piazza Roma con una lettera.

La mamma, più morta che viva, non riusciva a tenere fermo il foglio tanto le tremava la mano, e così è stata la Orlova a prendere la lettera e leggercela ad alta voce.

Cara mamma, diceva la lettera, *perdonami per il dispiacere che ti do, ma non riesco a rimanere fermo con le mani legate mentre tutti stanno combattendo eroicamente per la salvezza della patria. Vado ad arruolarmi. Sono giovane ma sono sicuro che saprò rendermi utile. Perdonami…*

La mamma si è lasciata andare sulla poltrona, gemendo. – Non ha nemmeno quindici anni... Non lo possono prendere – si è poi rinfrancata. – Lo rimanderanno subito indietro, anzi, me lo riaccompagneranno qui i carabinieri.

Ma sono passati due giorni e non è apparsa traccia né di Giancarlo, né di carabinieri.

Farlo sapere a papà? Ma noi non avevamo la minima idea di dove lo avessero mandato, e se poi non si fosse potuto muovere, non gli avremmo dato una sofferenza inutile? E da quanti giorni non avevamo sue notizie?

La mamma passava da crisi di pianto a continui svenimenti e noi... noi eravamo tutti così sconvolti che io mi dimenticavo persino di seguire la Orlova, che ora dirigeva lei la casa e quindi girava dappertutto.

È stata proprio zia Olga a reagire. – Non possiamo restare qui passivi – ha detto alla mamma. – Ti accompagno io al Comando di Udine. Lì qualcosa ci dovranno pur dire.

E così sono partite. Sono tornate due giorni dopo e la mamma era più abbattuta che mai.

– Siamo state ovunque, – ci ha raccontato – anche al Comando Supremo al Liceo Stellini, e persino a piazza Patriarcato, dove c'è il generale Cadorna, ma non c'è stato niente da fare.

Alla mamma hanno spiegato che sicuramente il ragazzo doveva aver dichiarato più anni di quelli che aveva, per farsi prendere come volontario. Per mandarlo dove? Non era possibile saperlo.

La mamma e la Orlova hanno anche trovato Lawrence, che ha detto su per giù le stesse cose, ma ha promesso che avrebbe tentato di fare arrivare la notizia a papà e avrebbe cercato di sapere dove era stato mandato Giancarlo.

Io non posso pensare che mio fratello sia partito con il fucile in spalla per chissà dove! Va bene, lui qui con noi non era contento, ma mi sembra che Giancarlo sia troppo giovane e troppo agitato e impulsivo per saper combattere. E sui monti, poi! Speriamo che Dio lo protegga e protegga papà che, per fortuna, impulsivo non è.

28 agosto 1916

La nostra vita è sempre molto triste. L'Italia oggi ha dichiarato guerra anche alla Germania.

Strano! La Germania ha combattuto fin dal principio insieme all'Austria e non capisco perché finora abbiamo fatto finta di niente. I tedeschi erano già nostri nemici e perciò che senso ha dichiarargli guerra ora? Forse il perché lo saprà il generale Cadorna.

Io non credo che, come dicono i giornali, l'Italia stia vincendo. Si conquista qualche metro, per perderlo qualche settimana dopo... I morti e i feriti sono sempre di più e la gente che è contro la guerra sembra crescere di numero.

A scuola i ragazzi ripetono certe strofette che avevo già sentito canticchiare per strada, tipo: *Il general Cadorna ha scritto alla regina / "Se vuol veder Trieste / la guardi in cartolina"*... Non sarà tanto patriottico,

Nel 1915 l'Italia dichiara guerra all'Austria-Ungheria ma non alla Germania perché non ha con essa specifici motivi di conflitto.

Nell'estate del 1916 tuttavia i rapporti con Berlino si incrinano irrimediabilmente: nei mesi precedenti il governo tedesco ha compiuto infatti molteplici atti di ostilità nei confronti dei lavoratori italiani residenti in Germania e ha fornito un consistente aiuto agli austriaci sul fronte italiano. Il 28 agosto dunque l'Italia dichiara guerra alla Germania.

ma non ci possiamo fare niente... tanto la cantano lo stesso. Vero è che ce l'hanno anche con i giovani che vedono girare per strada tranquilli e senza divisa: *Prendete gli imboscati / vestiteli di panno / mandateli in trincea / a veder come ci stanno...* Gli imboscati sono quelli che hanno trovato il modo di non andare in guerra.

L'unica cosa positiva per noi è che è arrivata una lunga lettera di papà. Ma non per posta militare. Ce l'ha portata un soldato che è in licenza perché gli è morta la madre.

Papà ci diceva che è molto dispiaciuto per la fuga di Giancarlo, ma cercava di tranquillizzare la mamma. I ragazzi così giovani, assicurava, non li avrebbero mai mandati in prima linea.

Insieme alla lettera c'era anche un fitto quinterno di carta velina, chiuso dalla ceralacca. *Infilalo nel mio diario*, raccomandava alla mamma, *questi fogli mi serviranno quando ritorno.*

La mamma lo aveva capito benissimo che erano appunti sulla guerra al fronte, ma è stata molto leale e ha infilato i fogli nel quadernone blu, senza nemmeno provare a leggerli.

Tra i dissidenti italiani contrari alla continuazione della guerra si diffonde tra il 1916 e il 1917 una canzone di autore anonimo nata nelle trincee italiane, *Il general Cadorna.* Cantata soprattutto dopo la disfatta di Caporetto, la canzone recita sarcasticamente: *Il general Cadorna ha scritto alla regina / "Se vuol veder Trieste / la guardi in cartolina". / Bom bom bom / al rombo del cannon.* Numerose sono le versioni del testo, declinate diversamente un po' in tutta Italia.

3 dicembre 1916

Solo qualche riga perché è successa un'altra cosa terribile. È morto il cugino Lawrence. È stato colpito da una pallottola vagante mentre si stava spostando per il suo lavoro di collegamento. E pensare che fino a qualche mese fa quello del collegamento era proprio l'incarico di papà! Certo che il destino fa strani scherzi... Noi siamo così preoccupati perché papà è al fronte, e invece gli poteva succedere di rimanere colpito come Lawrence, mentre si spostava da una zona all'altra dei Comandi alleati.

E ora chi ci aiuterà a cercare Giancarlo?

Seconda parte

4 novembre 1918

Se qualcuno, leggendo questo mio diario, farà caso alla data, resterà forse un po' stupito.

Siamo nel 1918 ormai, e molte cose sono cambiate.

Proprio ieri, dopo la grande vittoria dello scorso ottobre a Vittorio Veneto, le truppe italiane hanno issato la bandiera tricolore su Trento e Trieste. Sì, Trento e Trieste sono state liberate, proprio come volevano quelli che avevano deciso di fare la guerra. E ieri è stato firmato l'armistizio. I nostri nemici sono stati per sempre sconfitti.

Insomma, è finita.

Ma perché non ho scritto niente nel 1917?

Semplice, perché ho fatto la guerra. Anch'io, Cecilia Ferrari di anni dodici, ho partecipato alla guerra. E quando si è in battaglia si è molto presi, a volte ci capita anche di scappare per salvarci la pelle e non ci si può certo fermare a buttare giù degli appunti con penna e quaderno.

Ma non ho dimenticato niente di quel fine 1917. Lo racconto ora tutto insieme, seduta nella mia stanza, finalmente anche lei riconquistata.

Attuata tra il 24 ottobre e il 4 novembre del 1918, la Battaglia di Vittorio Veneto rappresenta lo scontro decisivo tra Italia e Austria-Ungheria nel conflitto mondiale. Il grosso delle forze italiane guidate dal capo di Stato Maggiore Diaz combatte contro le ingenti truppe austriache comandate dal generale von Straussenburg. Nello sforzo di ricacciare indietro gli avversari, gli italiani perdono 36.000 uomini tra morti, feriti e dispersi, ma riescono infine a costringere il nemico alla resa.

Il mio 1917

Non è stato un bell'anno il 1917, così in ansia come siamo stati per papà e Giancarlo. Una volta sola ci è arrivata una cartolina militare con la firma di mio fratello sotto a una frase: *Sto bene e vi abbraccio*. La cartolina ci era stata spedita direttamente dal Comando e così non avevamo potuto sapere da quale luogo Giancarlo l'avesse scritta.

Neanche papà ci scriveva molte lettere, ma un po' più di Giancarlo sì. A trovarci invece non è mai venuto, malgrado l'ansia della mamma e anche, a dire il vero, della Orlova.

La Orlova d'altronde in quell'anno non aveva fatto altro che partire per interminabili viaggi, e solo quando tornava e ricominciava a passeggiare per le nostre stanze, la mamma diventava un po' più allegra.

Io e Marco continuavamo a spiarla, ma ci sentivamo

a un punto morto. Ci sembrava di accumulare sempre nuove prove contro di lei, però poi non sapevamo che uso farne. E poi, erano veramente delle prove?

Nel suo Paese, ci raccontava la zia Olga, erano successi grandi disordini, con la gente in rivolta che si scontrava con la polizia nelle piazze. Di questo zia Olga non smetteva mai di parlare, dei suoi viaggi però non ci diceva niente.

Il fatto è che i soldati russi non avevano più voglia di combattere e perciò ne facevano di tutti i colori. Ci ha raccontato zia Olga che una volta, mentre i generali e i colonnelli stavano prendendo il tè, erano arrivati dei soldati, avevano cacciato gli ufficiali e il tè se l'erano bevuto loro.

A me è sembrata una storia divertente e non ho capito perché la Orlova fosse così scandalizzata. E così alla fine lo zar Nicola se ne è andato e in Russia è venuto un altro governo, però zia Olga diceva che non sarebbe durato.

Ma non doveva esserne tanto convinta, visto che era proprio disperata e ci ripeteva continuamente: – Non tornerò mai più nella mia patria. La Russia senza gli zar, che Russia sarebbe?

Quando gliel'ho raccontato, Marco ha sogghignato: – Certo che non torna più in Russia. È austriaca!

Insomma, Marco continuava a pensare che la storia

della contessa russa, amica personale dello zar, fosse tutta una invenzione. L'invenzione di un'abile spia. Io ero a metà strada. Credevo sì che la Orlova fosse una spia, ma forse un po' russa lo era per davvero... se no come avrebbe potuto conoscere tutte quelle chiacchiere sulla corte dello zar?

Ma quando lo dicevo, Marco rideva di me.

Anche in Italia i soldati erano stanchi di farsi ammazzare e ogni tanto provavano a ribellarsi un po'. Chi scappava, chi si feriva da solo per farsi portare in ospedale, ma da noi i carabinieri gli correvano dietro e li obbligavano a tornare in battaglia. E qualche soldato scappato, una volta ripreso lo hanno anche fucilato.

Quando c'è stata una rivolta davanti alle fabbriche a Torino, il governo ha acchiappato quelli che protestavano e li ha mandati dritti dritti al fronte. E così dopo sono

Dopo le manifestazioni di protesta per la mancanza di pane del marzo 1917 a Pietrogrado, nel corso delle quali la polizia spara sulla folla, lo zar Nicola II Romanov viene persuaso ad abdicare in favore del fratello Michele, che però rifiuta di salire al trono. Nelle prime fasi della rivoluzione, alla guida del Paese viene posto un governo provvisorio guidato prima dal principe L'vov e poi dal generale Kerenskij. Lo zar, imprigionato in Siberia con la famiglia, viene trucidato dall'Armata Rossa nella notte del 16 luglio 1918.

Tra il 22 e il 25 agosto 1917 Torino è teatro di gravi sommosse generate dalle dure condizioni di lavoro nelle fabbriche e dalla carenza di pane. Migliaia di uomini, donne e ragazze scendono nelle strade del capoluogo piemontese per protestare contro la guerra.

Il Regio Esercito e le forze di polizia aprono il fuoco sulla folla: alla fine dei disordini si conteranno 50 morti e 200 feriti. Gli arrestati saranno 822, 182 dei quali verranno inviati a combattere al fronte.

stati tutti zitti. Per gli scioperanti è stato peggio.

Nelle due ultime Battaglie dell'Isonzo ci hanno detto che sono morti centomila soldati.

Insomma, l'aria era proprio cupa a casa mia e in tutto il Paese.

Ma quello che sarebbe successo... quello no. Quello non se lo aspettava nessuno.

Un giorno... un terribile giorno che non dimenticherò mai...

Si era quasi a fine ottobre, pioveva e ce ne stavamo tutti rintanati a casa, quando abbiamo sentito lo stridio di una grande frenata fuori dal cancello. Di corsa e tutto fradicio un soldato è sceso da una motocicletta con il sidecar e si è attaccato al campanello.

– Ho un messaggio urgente da parte del signor tenente colonnello Ferrari – ha detto affannato, dopo che Antonietta lo aveva fatto passare in anticamera.

Tenente colonnello? Da questa

frase del soldato abbiamo appreso che mio papà era stato promosso e non era più semplicemente "maggiore".

La mamma era tanto agitata che non sembrava nemmeno capace di aprire la lettera, e quando finalmente si è messa a leggerla, era chiaro che non riusciva a capirci niente.

– Dov'è mio marito? – ha chiesto al soldato.

– Non è lontano, signora contessa, ci stiamo ritirando e attraversiamo queste campagne...

La mamma non è contessa, ma forse il soldato non sapeva come chiamarla.

– È per questo che il signor tenente colonnello ha potuto farmi fare una corsa da voi. Credo... credo che dovete ritirarvi anche voi... – e a questo punto il soldato si è confuso. – Ora devo scappare... devo raggiungere subito il reggimento...

– Ma dove state andando col reggimento? – gli ha gridato dietro la mamma, mentre il soldato era già in giardino sotto la pioggia.

– Non lo so, *sciura* contessa. Credo verso il Tagliamento...

Il... il Tagliamento... ma come... Ma il soldato era già ripartito a tutta velocità sul sidecar.

Ritirando? Le truppe italiane si stavano ritirando? E fino al Tagliamento? Ma come poteva essere successa

Nella notte del 24 ottobre 1917 le forze austro-tedesche sferrano un attacco alle truppe italiane che, colte impreparate dalla circostanza, sono costrette a una drammatica ritirata: è la disfatta di Caporetto. Tre giorni dopo Cadorna ordina alle armate italiane di riparare dietro il Tagliamento. Il 28 ottobre i tedeschi entrano senza incontrare ostacoli a Udine, abbandonata dagli italiani in favore di Treviso. Dopo la sconfitta Cadorna verrà destituito dall'incarico di capo di Stato Maggiore.

una cosa simile? Questo allora voleva dire che gli austriaci vincevano e stavano occupando le nostre terre.

La mamma, ripresasi dallo sbalordimento, ha riletto con più calma il biglietto.

Dovete lasciare la casa e andare tutti a Verona come d'accordo. Entro tre giorni al massimo i tedeschi saranno anche da noi. Avverti Andrea Zanin che organizzi la partenza secondo gli ordini che gli avevo già dato.

Questa volta la mamma il biglietto l'ha capito. Però non si riprendeva lo stesso dal suo sbalordimento e così, devo dirlo, anche tutti noi. Poi ha mandato Antonietta con l'ombrello a chiamare Andrea Zanin, che in meno di dieci minuti era già in casa nostra.

– Avevo sentito anch'io delle voci in città – ci ha detto il fattore. – Comunque state tranquille. Già da qualche giorno avevo preparato tutto, come mi aveva fatto sapere il signor maggiore –. Zanin non poteva sapere che papà non era più maggiore. – Ci sono i carri pronti e la carrozza è sempre in ordine. Domani caricheremo tutto e dopodomani saremo già per strada.

Ma la mamma, sempre agitatissima, ha detto: – No, no, partiamo domani stesso appena i carri saranno caricati –. Poi ha fatto uscire Bastianina perché andasse ad avvertire la contessa Orlova.

La Orlova è arrivata, grondante acqua dal cappello viola con le piume, e si è fatta raccontare dalla mamma almeno dieci volte tutto quello che aveva detto il soldato, e almeno dieci volte le ha chiesto dove si trovava papà e verso dove stava marciando. La mamma ha detto "Tagliamento", ma per fortuna non ne era affatto sicura.

– Non devono essere lontani da qui – ha mormorato la Orlova – se tuo marito ha potuto far fare una scappata al suo attendente.

– Tornerò domani per aiutarvi a caricare – ci ha promesso zia Olga.

– Verrai con noi? – l'ha supplicata la mamma. – A Verona c'è posto per tutti.

– No, – e la Orlova ha scosso la testa con apparente tristezza – io ormai sono senza patria... sono una cittadina del mondo. Col mio piccolo bagaglio prenderò un treno e cercherò poi di raggiungere Parigi. Ho tanti amici musicisti, laggiù.

La notte non ha dormito nessuno e il giorno dopo la confusione era al massimo. Tre carri trainati da robusti cavalli normanni e con un telone incerato di copertura erano in attesa davanti al cancello, mentre altri due, già pronti e stipati di oggetti, parevano aspettare pazientemente, un po' discosti. Erano quelli della famiglia di Andrea Zanin con i suoi numerosi figli di tutte le età.

Sulla carrozza sarebbe partita la mamma con Antonietta ed Emanuela. Io sarei stata libera di scegliere. O la carrozza, più comoda ma noiosa, o uno dei carri con Marco e qualche sorella, più "arrangiati" ma senz'altro con qualche prospettiva di divertimento. In cuor mio sapevo già cosa avrei scelto, ma ho preferito restare zitta, se no c'era il rischio che la mamma ci ripensasse e mi volesse con sé. Come ho detto, i carri della famiglia Zanin erano già pronti dal primo mattino, perché i contadini, lo sanno tutti, amano molto alzarsi presto.

A casa nostra era ancora tutto un disastro. La mamma non faceva che preparare delle cose, poi decideva di lasciarle indietro per far posto ad altre, secondo lei più importanti. Poi cambiava di nuovo idea e correva a prendere un quadro o un soprammobile, proclamando a gran voce: – Questo agli austriaci non glielo lascio.

Da quello che s'era capito non erano gli austriaci a marciare contro di noi, ma i loro alleati tedeschi. Però bisognava capire la mamma... tutti noi ci eravamo abituati a chiamare "austriaci" i nostri nemici.

La mamma a un certo punto voleva far caricare anche il suo amato pianoforte, ma Andrea Zanin le ha detto con pazienza che a casa delle signore zie un pianoforte lo avrebbe trovato senz'altro.

Le zie! La mamma, così presa dalla partenza, aveva quasi dimenticato che andavamo a cacciarci dritti dritti in bocca alle ziette, da lei tanto odiate, e ha cominciato a lamentarsi ancora più forte.

Ero pronta. Avevo in mano la cartella zeppa di libri e quaderni di scuola, perché anche laggiù a

Nell'estate 1917 l'Austria, in preda a lotte nazionaliste interne, chiede aiuto ai tedeschi sul fronte italiano. Il capo di Stato Maggiore tedesco Ludendorff decide di sferrare un'offensiva su questo versante avvalendosi di rinforzi provenienti dal fronte orientale, in fase di smantellamento dopo la Rivoluzione Russa.

Ad avanzare per le valli dell'Isonzo dopo lo sfondamento di Caporetto è infatti la XII Armata Slesiana del generale Lequis, mentre la XIV Armata di von Below si dirige verso Udine.

Verona sembrava che si dovesse studiare, e mi ero infilata il cappotto blu con i bottoni di velluto.

Il momento della partenza doveva essere molto vicino, perché sentivo il rumore dei primi carri che si mettevano lentamente in moto.

Di sopra Bastianina stava ancora fissando gli scuri alle ultime finestre... quando di colpo un pensiero mi ha folgorato.

Il diario!!! Il diario di guerra di papà! Certo la mamma, con tutto quel suo "prendo e lascio" se l'era dimenticato.

– Il diario di papà! – ho gridato a Marco che stava entrando in quel momento, evidentemente per venire a prendermi, e sono corsa verso lo studio.

Marco mi ha seguita.

Il cassetto dove di solito c'era il diario era aperto, anzi, spalancato. Ma nella toppa non c'era nessuna chiave.

Una serratura saltata e un tagliacarte abbandonato... ecco quello che abbiamo visto.

– La Orlova! – ho gridato, e contemporaneamente ho sentito lo sbattere monotono della portafinestra che dà direttamente sul giardino. Attraverso la stessa finestra ci siamo precipitati fuori senza fiato...

Il tempo di vedere il cancelletto laterale che veniva richiuso dall'esterno, e un attimo dopo la Orlova che saliva su una carrozza in attesa sul vialetto secondario a lato della villa. Poi la carrozza è partita.

Ci era riuscita! La Orlova era finalmente riuscita a rubare il *Diario di guerra* di papà!

Lo sbalordimento di Marco è durato meno di un minuto. – Dobbiamo raggiungerla! – ha gridato. – Dobbiamo riprenderci il diario! –. E mentre io lo guardavo imbambolata balbettando: – Ma... ma come? –, Marco stava già facendo scattare il suo piano.

– Esci da quel cancelletto e aspettami là. Intanto cerca di vedere da quale parte sta andando la carrozza della Orlova, io arrivo subito.

Come un automa sono uscita dal cancello piccolo e mi sono arrampicata sui sassi sporgenti del muretto per cercare di raggiungere con lo sguardo la carrozza di zia Olga. E infatti l'ho vista correre laggiù in fondo.

Un rumore familiare mi ha fatto voltare di scatto: gli zoccoli di un cavallo, un carretto... Poi ho spalancato gli occhi dallo stupore.

Marco stava arrivando tranquillo da uno dei sentieri della campagna, alla guida del barroccino del latte tirato dalla cavalla Moschina.

Il "barroccino del latte", come lo chiamiamo noi a casa, è un bel carretto, solido ma non troppo grande, e di solito serve per andare a ritirare il latte dalle nostre stalle. Ma credo fosse la prima volta che si usava per un inseguimento.

– Salta su! – mi ha gridato Marco, ed è partito veloce come il vento... be', magari un po' meno... voltandosi appena a seguire il mio dito che gli stava indicando la direzione presa dalla carrozza della Orlova. Ma non ce ne sarebbe stato bisogno: la strada era diritta, non ci passava nessuno e il punto nero della carrozza in lontananza si distingueva con chiarezza.

Quando finalmente mi sono ripresa dallo stupore e ho potuto girare un po' la testa, ho visto che sul barroccino c'erano, ben fissati, due bidoni pieni di latte evidentemente appena munto.

– Abbiamo il latte con noi! – ho gridato a Marco, ma lui mi ha risposto che non avevamo tempo di fermarci per scaricarlo, e mi ha assicurato che non ci avrebbero dato nessun fastidio... anzi, chissà.

– Siamo troppo indietro! – mi ha detto a un certo punto. – Ora tagliamo per la campagna e ci ripresentiamo sullo stradone proprio a un passo dalla signora contessa.

Per fortuna Marco è nato in campagna e conosce i segreti di sentieri e stradine più di chiunque altro.

– E se lei ci vede? –. Io ero sempre più preoccupata e Marco non faceva che tranquillizzarmi.

– Non ci faremo vedere.

Abbiamo tagliato per i campi e quella di Marco è stata una scorciatoia così tanto scorciatoia che la carrozza ce la siamo vista arrivare alle spalle e abbiamo fatto appena in tempo a nasconderci, al riparo di una macchia di alberi.

Abbiamo lasciato avanzare la Orlova di qualche decina di metri e poi ci siamo rimessi all'inseguimento, tenendoci sempre a una certa distanza.

– Marco! –. Solo quando la cavalla Moschina, tutta felice di trovarsi di nuovo su una strada liscia, senza i sassi e gli avvallamenti dei sentieri di campagna, ha cominciato a prendere velocità, mi sono risvegliata e ho gridato quel "Marco!".

– Ma dove stiamo andando? A casa ci cercheranno!

– Stai tranquilla, – mi ha risposto lui, girando la testa verso di me in modo che potessi sentirlo in mezzo al fracasso degli zoccoli e delle ruote – tua sorella ha vomitato al momento di salire in carrozza e tua madre, Antonietta e Bastianina sono attorno a lei per farla riprendere e consolarla. Intanto i carri sono già partiti tutti, e così penseranno che siamo partiti anche noi. È logico, no?

Marco mi ha raccontato di aver visto la scena da dietro mentre passava con il barroccino, e ha aggiunto: – Sono sicuro che fino a stasera non si fermeranno, visto il ritardo.

– Dove starà andando la Orlova? – ho poi chiesto, battendo i denti dal freddo perché aveva ricominciato a piovere; anche se si trattava di una pioggerella sottile, sembrava fatta di tanti piccoli aghi evanescenti e gelati.

– Questa è la strada per Udine. La signora contessa non sta correndo "lontano dalla guerra", ma proprio "in bocca alla guerra".

Io continuavo a battere i denti. Paura o freddo? Davvero non lo sapevo.

– Prendi il telone impermeabile che copre i bidoni e cerca di riparare almeno le nostre teste – mi ha suggerito Marco.

Il telone era grigio e pesante e odorava di latte acido. Cercavo di adattarlo alla meglio sopra di noi, ma era così rigido e poco maneggevole che mi sfuggiva continuamente dalle mani.

Alla fine, però, un modo mi sono ingegnata a trovarlo, anche perché mi era venuto in mente che così coperti e quasi mascherati, la Orlova non ci avrebbe riconosciuti, se per caso le fosse venuto in mente di girare la testa dalla nostra parte.

Intanto era passata un'ora e anche di più e noi continuavamo a fare il nostro giochetto di tagliare per i campi, sbucare sulla strada e aspettare nascosti che arrivasse la carrozza, per buttarci di nuovo all'inseguimento. Tanto ormai eravamo sicuri che né cocchiere né contessa si fossero accorti di quel modesto carretto che ogni tanto appariva e poi spariva per lunghi intervalli.

A un tratto, però, un arresto repentino. Abbiamo fatto appena in tempo a rallentare fin quasi a bloccarci, per non andare a sbattere contro la carrozza della Orlova. Che malgrado tutto ci avesse visti?

La risposta ci è arrivata quando abbiamo oltrepassato la curva.

Una fiumana di carri, carrette tirate a mano, qualche isolata carrozza, asini carichi all'inverosimile, buoi agganciati ad altri carri o trascinati a piedi e legati con una corda, e gente, gente, gente a non finire.

Solo che non procedevano nel nostro stesso senso, ma in quello opposto, ed era come un mare che si andava via via ingrossando, pauroso... Era la gente che scappava dalla guerra. E dagli invasori.

Durante la ritirata italiana, 250.000 profughi dalle province venete e friulane sono spinti dal timore dell'avanzata tedesca ad abbandonare le proprie case riversandosi in massa verso la Pianura padana. Con essi arretrano quasi 400.000 soldati italiani sbandati dopo Caporetto. Nelle settimane seguenti si conteranno 600.000 esuli civili: smistati inizialmente tra Milano e Bologna, nei mesi successivi verranno dislocati in alberghi, scuole e altre sistemazioni di fortuna lungo tutta la penisola.

Ora la carrozza della Orlova faticava a farsi strada, a fendere quel muro di carri, animali e persone.

Come al solito l'abbiamo lasciata distanziare di poco, ma ormai si andava tutti così piano... Però, approfittando del varco aperto dalla carrozza, a tratti anche noi riuscivamo a infilarci e a prendere un po' di velocità.

– *Sòvins, dulà laiso? Di che bande lì i cjatais i todèscs* – ci ha gridato in dialetto un contadino, e più di una testa si è voltata a guardarci con stupore e curiosità.

Andavamo in bocca ai tedeschi? Purtroppo lo sapevamo...

E così abbiamo proseguito per la nostra strada.

In mezzo a quel mare di gente ogni tanto si distingueva qualche drappello di soldati. Avevano tutti le divise fradice e infangate. Chi si trascinava stordito e zoppicante, chi aveva garze sporche e insanguinate, sciolte dai loro nodi e penzolanti sul terreno, chi aveva perduto gradi e mostrine, chi - ed erano in molti - fucili e giberne, e chi invece tentava di mantenere un passo ancora vagamente marziale... Qualcuno per alleggerirsi degli ultimi pesi aveva addirittura appoggiato lo zaino sui carri dei civili. Pochi tenevano ancora il fucile in spalla e la testa alta, quasi a negare la catastrofe e l'infinito numero di ore di cammino accumulate.

Ogni tanto un gruppo di soldati o qualche carro di civili uscivano dalla strada principale, imboccavano un sentiero nella campagna e si sperdevano all'orizzonte...

– Un lampo laggiù! – ho gridato all'improvviso.
– Sta tuonando, è un temporale.

– Macché tuoni, è la battaglia. Su quelle colline stanno combattendo – ha sussurrato Marco, quasi preoccupato che la sua voce potesse essere udita chissà da chi. Ma in verità era soltanto preoccupato per me.

Ma questa volta non ho avuto paura. Chissà... ormai nella guerra c'ero dentro e mi ci stavo abituando.

In certi punti la folla si diradava, per poi tornare a ricompattarsi dopo qualche chilometro.

In uno di quegli intervalli abbiamo visto avvicinarsi un drappello di carabinieri a cavallo che, era chiaro, si stavano avviando a fermare la carrozza della Orlova.

Come era ormai nostra abitudine ci siamo buttati nella campagna e passo passo ci siamo avvicinati, nascondendoci dietro una fitta macchia di rovi e altri arbusti. E così abbiamo potuto sentire il colloquio tra i carabinieri e la nostra contessa.

– Signora, questa è zona di guerra, è estremamente pericoloso. Deve tornare subito indietro – le stava dicendo l'ufficiale.

– Sono la contessa Wieser, moglie del console generale della Svizzera a Milano. Devo assolutamente raggiungere mio marito nella nostra villa di Basaldella, proprio vicino a Udine. Si tratta di questione importantissima...

E intanto la ex Orlova stava mostrando un lasciapassare e una serie di altri documenti zeppi di timbri e altri ornamenti colorati.

– Ma è pericoloso – ha ribattuto l'ufficiale, con tono dubbioso.

– Noi del corpo diplomatico siamo abituati a ben altri rischi – e la Orlova-Wieser si è eretta in tutta la sua statura, sfoderando il consueto, affascinante sorriso.

– Vada allora, e stia attenta! – le ha raccomandato l'ufficiale, portandosi a malincuore la mano alla visiera per salutarla.

– Ma guarda guarda, – ci siamo detti io e Marco quando ci siamo ripresi dallo stupore – la signora cambia con tanta facilità nome e nazione, però sempre come contessa si presenta. Si vede che a quel "contessa" ci si è proprio affezionata.

– E come potremo seguirla fino a una villa sconosciuta, e magari isolata, vicino a Udine? Questa volta ci vedrà di sicuro – mi sono disperata.

– Ma quale villa! – mi ha risposto prontamente Marco. – Allora non ti sei ancora abituata alle bugie della tua “zia Olga”! Quella va dritta dritta a Udine, e vediamo se indovini dove.

– Dal medico delle dita! – ho gridato trionfante, dopo aver pensato appena un attimo.

– Infatti. Per me è sicuro che correrà a portare il diario di tuo padre al signor José Cortez, o come si chiama, che in verità non è un medico ma un fotografo. E peggio, non è nemmeno un fotografo ma il capo degli spioni.

– Allora, se la storia è questa non sarà più necessario seguirla. Basterà che ci facciamo trovare lì prima che arrivi lei – ho ragionato ad alta voce.

– Proprio così. E l’indirizzo te lo ricordi?

– Via Pelliccerie 7! – e per l’entusiasmo ho gridato un’altra volta.

E chi se lo sarebbe mai dimenticato quel prezioso indirizzo!

Ormai i gruppi di fuggiaschi si facevano sempre più radi - poche, sparute persone che procedevano quasi di corsa - e sempre più forte e vicino sentivamo l’eco di quegli scoppi che io al principio avevo scambiato per tuoni.

A un certo punto un ronzio, che da leggero diventava sempre più insistente, ci ha fatto alzare gli occhi verso l’alto. Nel cuore del cielo, prima in lontananza e subito dopo quasi direttamente sulle nostre teste, volteggiavano due aeroplani. Si rincorrevano, si allontanavano, per poi ricongiungersi all'improvviso, quasi a cozzare l'uno contro l'altro.

Sembrava che giocassero oppure intrecciassero una danza, ma non era così. Ora distinguevamo chiaramente una specie di fiori rossi che sbocciavano all'improvviso dal metallo e volavano nell'aria. Erano le mitragliatrici che puntavano al nemico attraverso le eliche. Accanto agli aerei apparivano altre nuvolette e si udivano altri scoppi. Era il rabbioso tiro dell'antiaerea che cercava di colpire uno dei due velivoli.

– Quello è Baracca! È Baracca! – ha gridato Marco indicando l'aereo che esibiva sulle ali il cerchio a tre colori. Baracca è il nostro asso dell'aviazione, è un eroe, è il pilota italiano che da solo ha abbattuto decine e decine di aerei nemici!

E così è stato anche questa volta. Una vampa improvvisa e l'aereo austriaco precipitava in fiamme. «Qualcuno allora» ho pensato «sta ancora difendendo l'Italia».

Ma chi sparava dal basso? E contro quale aereo? Quello italiano o l'austriaco?

Noi comunque avevamo visto Baracca in azione! Nessuno ci avrebbe creduto quando l'avremmo raccontato...

Passata l'eccitazione abbiamo ripreso il cammino, ma a un certo punto Marco si è fermato.

– Siamo troppo vicini alla zona di guerra – ha mormorato.

È stato come se qualcun altro lo avesse sentito.

Anche la carrozza della Orlova-Wieser si è arrestata all'improvviso. Da lontano abbiamo visto il cocchiere scendere e andare a confabulare con la signora. Poi la carrozza si è rimessa lentamente in moto, piegando però verso una strada secondaria.

– L'hanno capito finalmente che siamo vicini al pericolo! – ha esclamato Marco trionfante. – E ora anche noi cercheremo altre strade, senza doverli rincorrere. Ci presenteremo solo all'appuntamento finale.

– Marco! Ma se non fossimo capaci di arrivare prima di loro e farci trovare già lì ad aspettarli? Allora tutto sarebbe perduto...

Ufficiale di cavalleria e asso della 91ª Squadriglia, Francesco Baracca è uno dei più noti eroi della Prima Guerra Mondiale. A bordo dei suoi aeroplani (l'ultimo è lo Spad S.XIII), tutti contraddistinti dal simbolo del cavallino nero rampante dipinto sulla fiancata sinistra, Baracca abbatte ben 34 aerei nemici in 63 combattimenti. Il 19 giugno 1918 muore sul Montello colpito dalla fucileria austro-ungarica mentre è intento a sorvolare le trincee nemiche. Riceverà la medaglia d'oro al valor militare.

– Ce la faremo – mi ha tranquillizzato Marco. – Sì, è vero che conosco meglio la campagna vicina a casa nostra, ma anche qui so come muovermi. Mio padre mi ha portato tante volte quando andava a trattare le vendite dei raccolti con i grossisti di Udine. E io mi sono sempre guardato attorno... è la mia abitudine.

E così è cominciato il nostro nuovo modo di avanzare verso Udine.

Procedevamo con molta cautela, fermandoci a guardare con attenzione da ogni parte prima di affrontare un tratto di percorso, ma era meglio spendere minuti anche preziosi, piuttosto che farsi bloccare dalla guerra e perdere così il nostro fatidico appuntamento (o magari peggio, forse la vita).

Aggiravamo i punti che ci sembravano scoperti e, senza nessuna protezione, fuggivamo da quelli dove troppo forte si sentiva lo scoppio di granate e mortai. Una volta abbiamo appena fatto in tempo a nasconderci con carretto e Moschina sotto l'arco del ponticello su un torrente che stava già riempiendosi, mentre sopra di noi stavano marciando a passo cadenzato dei soldati. La lingua che sentivamo non era italiano.

Però ci siamo riusciti. Finalmente sul far della sera Udine e il suo castello ci sono apparsi in lontananza.

Eravamo sbucati ormai su una strada principale e di nuovo ci stavamo trovando in una confusione indicibile di soldati e civili, carri, carretti che si muovevano in ogni direzione, animali trascinati da pesanti corde legate al collo, ragazzi di campagna che s'infilavano di corsa nelle porte della città.

– Marco! – ho sussurrato dopo aver guardato con attenzione. – Ma quelli sono soldati italiani! E vanno verso Udine! Forse ci siamo ripresi la città.

– Non vedi che sono disarmati... sono prigionieri.

Infatti in testa e in fondo alla colonna che si trascinava a fatica, ora si distinguevano chiaramente dei soldati tedeschi con i fucili puntati e il loro ridicolo elmo chiodato.

In tutta quella baraonda, nessuno aveva badato a noi.

Solo un soldato tedesco, fermo davanti a Porta San Lazzaro, che

Intercettati per le strade e nei paesi in cui si è tentato di organizzare la resistenza, il 31 ottobre 1917 i 293.493 soldati italiani catturati dopo Caporetto sono condotti a piedi a Udine dove si fermano per la notte.

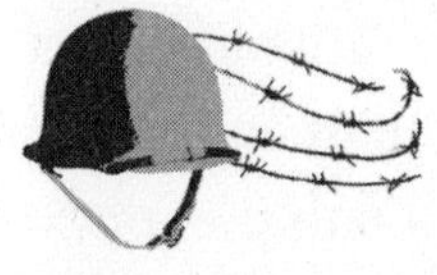

Nei giorni seguenti proseguono verso Cividale e lì vengono in parte rinchiusi nel campo di concentramento costruito in origine dallo stesso Regio Esercito italiano per i prigionieri nemici. I restanti sono destinati agli altri campi di prigionia dislocati nel cuore degli Imperi Centrali.

stava chiacchierando con altri militari, ci ha fermato con un cenno, come a dire "dove andate?". Marco mi ha dato una gomitata. Era arrivato il mio turno.

– *Milch* – ho detto nel mio miglior tedesco, indicando i bidoni di latte che ci eravamo portati dietro – *mein Vater*... – e sempre in tedesco ho spiegato che nostro padre ci aveva mandato a portare il latte al maggiore Schmidt – *Herr Major* –. Maggiore come mio padre prima che fosse promosso, ecco perché ho pensato a un maggiore. E poi "Schmidt" è un buon nome, capace di funzionare sempre.

Il soldato ha alzato il coperchio dei bidoni e poi ha cominciato a ridere con i suoi camerati, facendoci intanto cenno di passare.

– Perché ridono? – mi ha domandato Marco sospettoso.

– Marco, – gli ho detto – c'è pochissimo latte lì dentro... I bidoni non erano stati ancora riempiti. Il soldato ha detto che il maggiore Schmidt deve essere di costituzione molto magra e non deve aver bisogno di nutrirsi molto.

– Senti, tu però non sembri la figlia di un contadino con quel vestito e quel cappotto tutti in ordine. Non potresti stropicciarti un po' il cappotto... il vestito... –. Marco chissà perché sembrava nervoso.

Tanto in ordine per la verità io non mi sentivo,

con tutta l'acqua e la polvere che avevamo preso, però...

Non sapendo come "stropicciarmi" ho staccato poco convinta due o tre bottoni, ma me li sono messi in tasca per dopo.

Passata la porta della città ci aspettava una confusione ancora più grande e tante devastazioni da restare a bocca aperta. Macerie ancora fumanti, porte e portoni divelti, negozi con le saracinesche sfondate, bande di soldati nemici più o meno ubriachi che s'infilavano dappertutto e uscivano carichi di merci e oggetti rubati nei magazzini e nelle case...

Ma non avevamo tempo di guardarci attorno.

– Dobbiamo spicciarci, non perdiamo tempo –. Marco cercava di districarsi in mezzo a quelle rovine, ma si capiva che non era tranquillo. – Dobbiamo lasciare il barroccio e il cavallo nascosti dove ci possa essere la speranza di ritrovarli. Correndo a piedi faremo prima.

Abbiamo cominciato a sbirciare dentro ai portoni, ma sembrava che ogni cortile fosse occupato da truppe accampate.

Finalmente Marco si è ricordato che dentro al cortiletto della casa dei suoi cugini c'era un ampio spazio vuoto, dove sorgeva il capannone tutto in legno di un maniscalco. Forse nessuno finora se n'era accorto. I cugini certo erano scappati, ma il cortile, quello era rimasto.

Marco ha staccato Moschina dal carro e l'ha legata a un misero alberello, raccomandandole con mille carezze di aspettarci da brava, e dandole un po' di biada ancora rimasta nel capannone, mentre per farla bere aveva rimediato un secchio dove aveva versato quel po' di latte dei bidoni. Infine ha nascosto i bidoni ormai vuoti dietro a un muretto.

Poi, via di corsa.

«Signore!» pregavo dentro di me mentre filavamo all'impazzata attraverso strade e stradine per arrivare a via Pelliccerie 7. «Signore, fa' che la Orlova non sia ancora arrivata, che abbia messo più tempo di noi a trovare la strada! Se no sarà stato tutto inutile!»

Davanti al portone numero 7 non era ferma nessuna carrozza e così, come prima cosa, è uscito a tutti e due un gran sospiro di sollievo. Ma poi?

Poi si trattava di aspettare.

Passavano i minuti e niente succedeva. Che ci fossimo sbagliati? Che non fosse assolutamente quello l'indirizzo dove la zia Olga aveva intenzione di portare il diario di papà? E se non era così, dove mai l'avremmo potuta trovare?

Dopo mezz'ora le nostre orecchie allenate hanno sentito in lontananza, e poi sempre più vicino, il *toctoc* di zoccoli di cavallo.

Era lei di sicuro! Il nostro piano doveva finalmente scattare.

Ed ecco la scena. La carrozza che si ferma e zia Olga che scende un po' barcollante con la borsa da viaggio ben stretta al braccio. Non si può perdere nemmeno un attimo, dobbiamo muoverci prima che lei suoni il campanello.

È il mio momento.

– Zia Olga! – grido, catapultandomi dal buio direttamente fra le sue braccia.

– Ce-ci-lia... –. Dallo stupore zia Olga balbetta. – Ma co-co-sa ci fai qui?

– Le... le ziette... – farfuglio.

– Ma come le ziette? –. Si vede che la Orlova non riesce a riemergere dallo sbalordimento e tornare lucida. Le ziette? Ma non erano partite più di un anno fa?

– Zia Olga, – grido con maggiore slancio – abbracciami, ti prego, ho tanta paura – e mentre zia Olga sempre più stordita fa un goffo tentativo di tendermi le braccia, dal buio spunta Marco che con un rapido ed energico strattone le strappa la valigetta e si dilegua come un fulmine.

– Aiuto! Un ladro! Prendete quel ragazzo! – e zia Olga comincia a correre, imitata dal cocchiere.

Ora o mai più. «Se non sparisco in un attimo» penso

«Olga comincia a far quadrare il ragionamento e metterà a fuoco il mio ruolo nella faccenda».

D'istinto scelgo di non correre. Zia Olga, sentendo i miei passi, potrebbe cambiare idea e inseguire me, una preda molto più facile da raggiungere.

Arretro quindi lentamente, a passi furtivi e silenziosi, voltando per una serie di strade e stradine. Dopo un bel po' mi fermo senza fiato davanti a un portone mezzo scardinato e rimasto aperto.

La casa appare disabitata, non si sente un rumore. Muoio di paura, ma salgo per le scale deserte e vado a nascondermi in un appartamento che evidentemente qualcuno deve aver svaligiato perché la porta di casa non è stata chiusa. Entro e la chiudo io, piano piano.

Come mi batte forte il cuore in quel buio totale e desolato, non posso neanche raccontarlo. Dopo un po' mi sembra di sentire dei passi giù in strada, o in una strada vicina, e una voce che chiama: – Cecilia! Cecilia! – ma non sono sicura che non si tratti di una allucinazione.

Comunque mi faccio forza e giuro a me stessa di non muovermi da quella casa per un bel pezzo. Mi rendo conto, però, che dovrò lasciare il mio nascondiglio prima che faccia giorno.

E Marco?

Solo in quel momento, ripensando al nostro

appuntamento, ho capito quale grande, madornale errore avevamo commesso nel formulare il nostro piano.

Avevamo infatti stabilito che il punto d'incontro sarebbe stato la casa delle ziette. D'accordo, le ziette erano partite, ma sapevamo che era rimasto il guardiano a custodire la casa. Lui, pensavamo, ci avrebbe ospitato e nascosto.

Come avevamo fatto a progettare una cosa simile? Io stessa avevo messo la Orlova sulle tracce di quella casa, gridando: «Le ziette, le ziette!». Ma anche senza quelle parole infelici, la casa delle ziette sarebbe stato il primo posto dove zia Olga sarebbe venuta a cercarmi e dove dunque ci avrebbe atteso.

E allora? Allora non potevo di sicuro andare all'appuntamento con Marco.

Ma ci avrebbe pensato? Certo anche lui mi aveva sentito gridare: «Le ziette!» e Marco è molto sveglio. E poi non avrebbe mai bussato al guardiano, senza la mia presenza. Sicuramente mi aspettava nascosto da qualche parte. Ma dove?

Dove potevo trovarlo? Nel cortile dove avevamo nascosto Moschina? Ma io non ricordavo proprio quale fosse. Per me era stato un infilarsi a casaccio all'interno di uno dei tanti portoni della città... Solo Marco conosceva bene quella strada.

E allora? Come ci saremmo potuti ritrovare Marco, io e il diario di papà?

Quanto tempo era passato? Forse un'ora e anche più. Come si può calcolare il tempo quando non si vede niente e si ha per compagno solo il battito del proprio cuore?

Comunque, ormai lo sentivo, era venuto il momento di uscire. Dovevo essere io a muovermi per cercare Marco, perché certo lui non sarebbe mai potuto arrivare da me, nascosta al primo piano di uno dei tanti palazzi abbandonati.

Così sono scesa piano piano e mi sono immersa nella notte buia, cercando di strisciare da angolo ad angolo, aiutandomi con qualche debole luce che filtrava dalle case, e pronta a nascondermi appena avessi sentito i passi di qualcuno.

Mentre andavo avanti a fatica non potevo fare a meno di guardarmi attorno. Ma questa era davvero Udine? Non avevo per caso sbagliato città? Ma no, lassù c'era l'angelo del Castello, che però mi sembrava più inorridito di me.

Le strade parevano solo un deposito d'immondizia, di carri e carretti sfasciati, e poi panche rovesciate, scatole di cartone sfondate, vetri di bottiglie e di finestre, paglia sporca, stracci a non finire, compresi pezzi di divise militari, mentre l'acqua, lasciata aperta in qualche casa, scorreva a piccoli rivoli, andando a mischiarsi ai rifiuti.

Non riuscivo a capacitarmi. Una città così bella e ordinata può trasformarsi in poche ore in una specie di antro di pirati? Questi erano i posti dove le ziette mi portavano a bere la cioccolata in tazze di porcellana con il filetto dorato... E ora? A Mercatovecchio c'erano delle vacche che sembravano piangere sotto i portici della Cassa di Risparmio, e davanti alle vetrine in frantumi, invece delle persone eleganti che vi si fermavano solo pochi giorni prima, si ammassavano in disordine i cavalli dell'esercito nemico, mentre altri cavalli impedivano addirittura il passaggio dei portici e l'entrata in via Rialto.

Sono scappata lontano da lì, ma dappertutto m'inseguiva la desolazione. Colonne di fumo e fiamme si levavano dai palazzi, dal Teatro Minerva, da Palazzo Angeli.

Forse l'inferno è così, fuoco, fumo, sporcizia... «Marco, Marco, dove sei?» mi dicevo mentre vagavo qua e là, senza sapere dove dirigere i miei passi.

Non avevo intenzione di piangere, me l'ero proibito. Ma cosa ci potevo fare se le lacrime uscivano da sole?

«Pensa Cecilia, pensa, cerca di farti venire un'idea» mi ripetevo, stringendo i pugni per farmi forza. «Andiamo, pensa a un indirizzo che sia conosciuto da tutti e due e che non sia la casa delle ziette.»

Io dalla casa delle ziette uscivo per andare... per andare...

Ma certo! Come mai non c'ero arrivata prima? Per quasi due settimane ero uscita dalla casa delle ziette per andare a scuola a fare l'esame! E anche Marco era venuto a quella scuola, mi aveva aiutato nella prova di aritmetica buttandomi una pallina di carta con su scritta la soluzione del problema. Avrebbe senz'altro pensato alla nostra scuola!

Quella strada la conoscevo a memoria e, orientandomi un po' nel buio e incespicando spesso, la ritrovai abbastanza facilmente.

La scuola era lì, davanti a me, non appariva danneggiata e nemmeno occupata da soldati e cavalli.

Tutto sembrava silenzioso e tranquillo... troppo tranquillo in verità... nessun ragazzo di nome Marco stava passeggiando da quelle parti.

Mi sono lasciata andare, piombando a sedere sul marciapiede. Ormai tutto era perduto.

È stato allora che qualcosa mi ha colpito. Che mi avessero sparato un proiettile? Ma no, sembrava più un sasso. Ho chinato la testa e l'ho visto. Era proprio un sasso, quello atterrato di piatto sulle mie ginocchia.

– Marco, sei qui! – ho gridato riscuotendomi

all'istante, mentre una improvvisa gioia mi esplodeva nella voce.

– E dove volevi che fossi? – e Marco si è avvicinato, fingendo una grande tranquillità e calma. Ma era solo per fare riuscire meglio la scena.

– Marco! Marco! –. Io invece - altro che calma! - io lo abbracciavo piangendo, ma, devo dirlo, anche lui mi abbracciava con molta emozione.

– Credevo... credevo... avevo paura che ti fossi fatto catturare a casa delle ziette... –. Ora singhiozzavo.

– Non sono così sciocco –. È vero, lo sapevo benissimo che Marco non era sciocco.

Ho cominciato a raccontare e anche lui ha raccontato, ma a un certo punto l'ho interrotto con un grido: – La valigetta! La valigetta della Orlova! L'hai persa?

– La valigetta non l'ho persa, l'ho buttata via. Se invece alludi al quaderno... eccolo qua – e Marco si è aperto il giaccone. Il grosso diario era infilato per dritto all'interno della sua camicia. – Dentro ci sono le lettere di tuo padre legate con un nastro azzurro. La tua amica aveva rubato anche quelle!

– Oh, Marco! –. Questa volta saltavo dalla felicità. – Dove andiamo ora? – ho poi chiesto, ma ormai con voce calma.

– Andiamo a recuperare Moschina e carretto, e

domani all'alba proviamo a studiare un piano per tornare indietro.

Marco conosceva benissimo la strada per andare a casa dei suoi cugini e, destreggiandoci al buio con la solita prudenza, ci siamo arrivati in meno di un quarto d'ora.

Ecco il primo cortile, il secondo cortile. E Moschina?

Non c'era traccia di Moschina, né del barroccio. Solo i bidoni del latte erano rimasti mezzi rovesciati sulla terra battuta.

Per il resto, solo buio e silenzio.

– Marco! E Moschina? – ho sussurrato spaventata, ma lo spavento non era destinato a finire lì.

Ora qualcosa si stava muovendo, e prima che potessi raccapezzarmi una mano da dietro mi aveva già minacciosamente afferrato il braccio.

– Chi siete? E cosa ci fate qui? – ha ghignato una terribile voce cavernosa che pareva contraffatta.

Per la paura non ero più in grado di far uscire la voce, e anche Marco questa volta non appariva in uno stato migliore.

Davanti a noi una figura cenciosa, un mendicante o forse un ladro di quelli che avevo visto aggirarsi per la città semideserta per rubare nelle case abbandonate. Aveva una lanterna in mano e in testa un cappellaccio che gli copriva metà del volto. Una benda sporca gli fasciava un occhio e l'altro ci fissava con aria minacciosa.

– Cosa hai lì? – ha gridato il mendicante dopo avere alzato un po' la lanterna a illuminare il rigonfio della giacca di Marco. – Che cosa nascondi? Gioielli? Hai rubato, eh!

– No, – mi sono fatta avanti io col coraggio della disperazione – sono dei miei quaderni di scuola... me li tiene lui, così non si bagnano.

C'è stato un attimo di silenzio, mentre lo straccione spostava su di me la luce della lanterna. – Fai vedere! – ha poi aggiunto brusco, allungando le mani con gesto risoluto, e io mi sono accorta che anche Marco a quel gesto si è sentito costretto a obbedire.

– Un quaderno... sì, è un quaderno – e sembrava che quella specie di mendicante fosse tutto preso a leggere e a sfogliare.

– Non è tuo! – mi ha detto all'improvviso, sollevando di nuovo la lanterna. – Qui non c'è scritto "Cecilia", ma "Aldo Ferrari".

Io sono quasi caduta a sedere sul terreno fangoso, tanta era la sorpresa.

Me n'erano capitate di cose nella giornata, ma questa era davvero troppo... Come faceva quel figuro a sapere il mio nome?

– Co... come lo sa... che io mi chiamo Ce... Cecilia? – ho balbettato, del tutto fuori di me.

– Cecilia, sei sempre la solita sciocca che non si accorge mai di niente –. Ora l'uomo col cappellaccio aveva cambiato voce e parlava con un tono che mi pareva familiare.

– Ma... ma chi sei? – ho mormorato con una prima ombra di consapevolezza.

Non ho fatto in tempo a proseguire. Lo straccione, che si era tolto il cappello e la benda sull'occhio, e si stava strofinando la faccia con la mano per ripulirsela un po', era... Ma sì, ora lo riconoscevo, era mio fratello Giancarlo.

– Giancarlo! Sei tu! –. Ormai era destino che passassi da una emozione all'altra, e devo dire che anche Marco appariva sbalordito.

– Giancarlo! Ma allora non sei più militare, sei scappato come tanti altri soldati e ora sei diventato un vagabondo!

– Cecilia, te l'ho detto che sei un po' sciocca. Io sono arruolato, arruolatissimo. Faccio parte di un corpo speciale che si chiama "squadra di contatto".

– E cosa vuol dire? –. Ormai Giancarlo mi aveva detto "sciocca" due volte e tanto valeva proseguire con le domande. Al peggio mi avrebbe chiamato "sciocca" una terza volta.

Ma Giancarlo mi ha risposto seriamente. Ci ha spiegato che le "squadre di contatto" sono formate da soldati scelti tra i più giovani, ragazzi o quasi, che sanno il tedesco, per insinuarli, variamente camuffati in modo da non destare sospetti, dietro le linee del fronte, in mezzo ai nemici, per cercare di raccogliere notizie e informazioni.

– M'infilo fra i gruppi di soldati ubriachi per chiedere l'elemosina e ascolto quello che dicono. Loro non lo sanno che io capisco il tedesco, e così si lasciano sfuggire qualche informazione; poi cambio gruppo, raccolgo altre notizie e metto tutto insieme. A volte vengono fuori cose molto interessanti – ci ha raccontato ridendo.

E ci ha detto anche di tutti gli appunti che prendeva. Dalle mostrine che gli avevano insegnato a riconoscere poteva sapere quali reggimenti i tedeschi avevano impegnato nella zona, quanti uomini, quanti cannoni, quante mitragliatrici, se in mezzo a loro operavano anche reparti austriaci, e perché.

Osservava tutto, quel finto mendicante, e tutto scriveva in codice sul suo taccuino. Davvero un bel lavoro. Forse più importante di quello che avevamo fatto noi con la Orlova.

– Ora sta a voi dirmi che cosa ci fate qui. Ancora non mi sono rimesso dalla sorpresa... – e Giancarlo si è interrotto, guardandoci con aria interrogativa e risoluta.

E così è venuto il nostro turno.

Forse era la cosa di cui avevamo più bisogno.

Raccontare e raccontare con tutti i particolari fin dal principio, fin da quando avevamo incominciato a sospettare della contessa Orlova o come diavolo si chiamasse veramente.

Giancarlo ci seguiva con attenzione, e devo dire con entusiasmo crescente.

– Ma perché non vi siete confidati con me quando ero ancora a casa? – ci ha chiesto a un certo punto, ma io gli ho ricordato di come allora fosse scorbutico e inavvicinabile.

– Avevo intenzione di parlartene, ma non ho trovato il momento – gli ho detto.

Mio fratello questa volta ha solo sospirato, e sembrava volermi dare ragione.

Quando siamo arrivati alla scena di quando io mi buttavo fra le braccia di zia Olga, mentre Marco le sfilava la borsa da viaggio con dentro il diario, poco mancava che Giancarlo si mettesse a saltare dall'entusiasmo e dal gran ridere.

– Bravi! Siete stati bravissimi! – ha gridato, battendo una mano sulla spalla di Marco. – Forse mia sorella non è così stupida come sembra – ha aggiunto per mitigare un po' l'effetto, ma io l'ho capito che malgrado tutto voleva essere una frase gentile.

– Ecco perché ho trovato Moschina in questo cortile! – ha ragionato Giancarlo ad alta voce.

– Allora sei tu... –. Insomma, qui si passava, da una sorpresa all'altra. – Allora sei tu che hai rubato Moschina!

– Io non rubo una cosa che è mia –. Giancarlo era tornato il solito Giancarlo. Che poi Moschina fosse sua, era tutto da dimostrare.

Dopo, però, mio fratello ci ha raccontato con calma di quanto fosse rimasto meravigliato, mentre si era intrufolato in quel cortile, di vedere barroccino e cavallo di casa sua.

– È stato allora che ho deciso di rimanere qui, per capire chi mai poteva aver portato Moschina fino a Udine. I tedeschi? Mi sembrava strano, non ne sarebbe davvero valsa la pena.

– E poi siamo arrivati noi. Dimmi Giancarlo, ci hai riconosciuti subito? – gli ho chiesto, molto curiosa.

– Proprio subito no, ma dopo pochi minuti. Comunque volevo prima capire cosa stavate combinando, e anche spaventarvi un po'...

E certo, chi lo cambierà mai il signor Giancarlo.

– Dov'è Moschina ora? – gli ho chiesto un po' ansiosa.

– L'ho fatta portar via da certi contadini amici ai quali mi appoggio anche per il mio lavoro. È gente svelta che conosce le strade giuste per non fare brutti incontri. Però voi, – e Giancarlo scuoteva la testa – se non fossi arrivato io, davvero pensavate di ritrovare buoni buoni carretto e cavallo? Avrebbero potuto portarveli via dieci volte!

– Giancarlo! –. Improvvisamente non riuscivo più a parlare e se ci provavo le parole mi uscivano tutte impastate. Mi era preso davvero un gran sonno e la testa mi ciondolava di qua e di là.

– Seguitemi, vi porto da quei contadini. È vicino, appena fuori le mura.

Ma le gambe non ne volevano sapere di obbedirmi.

Ho sentito solo che Giancarlo mi prendeva in braccio e poi più niente.

Mi sono svegliata in un lettone che non conoscevo, e appena ho aperto mezzo occhio ho visto subito Marco dormire tutto rannicchiato su un mucchio di fieno che occupava parte del lato sinistro di una specie di stanzastalla.

Piano piano mi sono ricordata quello che era successo la notte prima, ma mi mancava la parte che riguardava il mio arrivo sul lettone.

Come ero capitata lì sopra? Mi sono alzata a sedere

e ho visto che anche mio fratello Giancarlo stava dormendo su un mucchio di fieno. Allora ho cominciato a fare qualche collegamento. Insomma, dovunque fossimo c'era stato lo zampino di Giancarlo. Certo in qualche modo lui c'entrava.

– Ah! Finalmente ti sei svegliata! – e Giancarlo si è tirato su come se non stesse aspettando altro che me. Mi era sembrato invece che anche lui dormisse profondamente, ma si sa, con Giancarlo ci si sbaglia sempre.

– Giancarlo, – gli ho detto quasi subito – facci ridare Moschina e carretto, noi dobbiamo provare a tornare indietro. Chissà la mamma come sarà in pensiero.

Pensando per la prima volta alla mamma mi era improvvisamente venuta una fretta tremenda.

– Mentre stanotte dormivate io ho lavorato anche per voi – mi ha risposto con ostentata tranquillità mio fratello. – Ho fatto partire il mio consueto rapporto, ma ho aggiunto una nota che vi riguardava.

– Cosa hai detto di noi? –. A questo punto si era svegliato anche Marco e si vedeva che era interessato, ma più che altro preoccupato. Forse, come a me, gli erano venuti a un tratto in mente sua madre e suo padre.

– Non ho potuto farla lunga. Ho scritto che vi eravate persi durante la fuga perché avevate preso la direzione opposta, seguendo la carrozza sbagliata. E che ora eravate sani e salvi e al sicuro –. Giancarlo ci ha spiegato di avere inviato questo appunto come messaggio urgente da recapitare alla famiglia. – Dopo tutto sei figlia di un ufficiale superiore – ha detto, guardando dalla mia parte e ignorando del tutto Marco.

– Perduti durante la fuga seguendo la direzione sbagliata. Bella figura da cretini ci hai fatto fare! –. Ero proprio indispettita e ho visto che lo era anche Marco.

– Ringraziate che i vostri parenti a questo punto saranno già stati tranquillizzati e non vi preoccupate d'altro. Il turno della Orlova verrà in un secondo tempo.

– Giancarlo! – mi sono ricordata all'improvviso. – Devi assolutamente fare arrivare a papà il suo diario! Non possiamo correre altri rischi.

Giancarlo questa volta non mi ha risposto subito, e quando lo ha fatto ha parlato in modo insolitamente serio.

– No Cecilia. Io questa notte l'ho letto, il diario... –. Ma quante cose aveva fatto mio fratello quella notte! – ...E l'ho trovato molto interessante, ma al Comando non sarebbero d'accordo. Insomma, non sarebbero affatto contenti nel sapere che papà ha descritto con tanti particolari anche cose che secondo me sono segrete.

Papà è stato un bel po' imprudente a mettere tutto nero su bianco...

E allora l'avventura di quel quadernone non era ancora giunta a termine? Magari avremmo dovuto distruggere tutto?

Giancarlo mi ha subito tranquillizzata. – Quando sarà finita la guerra tutto questo potrà venire fuori. Credo che sia un lavoro importante. Ora però no, la guerra c'è ancora e purtroppo non va nemmeno nel migliore dei modi per noi, come del resto avrai visto anche tu.

Giancarlo ci ha pensato su un momento e poi ha continuato, con il tono di chi alla fine ha preso una decisione importante: – Cecilia, il diario lo devi tenere tu e riportarlo a casa. Servirà per il dopo –. Mio fratello continuava a parlare gentilmente. – Ecco perché non ho potuto riferire della vostra avventura all'inseguimento di una spia. Lo capisci adesso?

Poi ha pregato Marco di consegnarmi il quaderno. – È di nostro padre – ha detto – e deve esserne responsabile lei –. Ha preso una sacca e in una tasca ha infilato il diario, affidandomelo poi solennemente. – Mettitela a tracolla e non l'abbandonare mai.

Nel frattempo era entrata una contadina con del latte e una pagnotta. E chi ci pensava più al diario di papà? Si può pensare a cose del genere di fronte a un pane profumato e caldo, grande come una ruota? In fondo erano ventiquattro ore che non mangiavamo e solo in quel momento ce ne rendevamo conto.

La contadina dev'essere rimasta un po' meravigliata nel vedere la rapidità con cui tre ragazzi riuscivano a far sparire una pagnotta di quelle dimensioni.

Passato il primo entusiasmo e la fame, mi è ritornato al galoppo l'assillo per la partenza e ho ripreso a pregare Giancarlo perché facesse subito un piano per il nostro ritorno e incominciasse col farci riportare Moschina.

– E come pensate di attraversare la zona di guerra fino alle nostre linee? –. Il tono di Giancarlo di colpo era diventato insofferente.

– Come abbiamo fatto all'andata – ha cercato di spiegargli Marco. – Seguendo le stesse strade secondarie, nascondendoci quando occorre, andando più piano o più veloci a seconda dei casi. In questo modo magari prima di domani sera possiamo arrivare al Tagliamento... e poi...

– I nostri non sono più sul Tagliamento – ha risposto Giancarlo con voce cupa.

– Ma come! –. Per l'emozione Marco era balzato in piedi. – Ce l'aveva detto l'attendente di tuo padre che i nostri si sarebbero riuniti sul Tagliamento!

– Non ce l'hanno fatta, si sono dovuti ritirare. Ora siamo sul Piave.

Su... sul Piave! Ma era tanto più lontano! Io e Marco eravamo ammutoliti e del tutto accasciati.

– Sì, il Piave è lontano, ma da lì non arretreremo più, questo è sicuro –. Giancarlo continuava a parlare con voce seria e con tono che voleva essere fermo.

– Certo che allora sarà molto più difficile arrivare di nascosto fino al Piave – ha mormorato Marco. – Io poi lì non le conosco mica bene le stradine attraverso la campagna.

– Non sarete voi a farlo –. Ora Giancarlo aveva ripreso di nuovo il suo piglio autoritario. – Davvero credevate di poter ricominciare la storia con Moschina e magari anche i bidoni del latte? Ha funzionato una volta, ma poi basta. Vi fermerebbero subito, oppure andreste a cadere dritti dritti in mezzo a una battaglia o un bombardamento.

– E allora come faremo? –. Ci sentivamo molto infelici, io e Marco. Restare per sempre nascosti in questa casa di campagna fino alla fine della guerra... E quando finirà? Che pensieri terribili!

– Sarete accompagnati da qualcuno che sa come fare. Passerete con lui senza problemi la zona occupata da tedeschi e austriaci, poi al calar della notte qualcun altro vi farà attraversare il Piave in un punto dove sarete attesi, e lì finalmente sarete nelle mani dei nostri. Spero che non abbiate paura a fare un giretto notturno in barca, su un fiume che tanto tranquillo in questa stagione non è mai...

Paura? Eccome se avevo paura, e non solo perché non ho mai imparato a nuotare. Ma mi sarei fatta tagliare la lingua piuttosto che confessarlo, a rischio di non partire.

– Fra poco passerà il Pratolin. È il calderaio. Tutti lo conoscono in questa zona. Per forza, è in giro con il suo carro dalla mattina alla sera. In verità è anche un nostro prezioso informatore. Penserà lui a portarvi dove serve. Con calma, però. Strada facendo deve fermarsi almeno in qualche fattoria dove lo aspettano per riparare pentole e pentoloni.

E Moschina allora? L'avremmo rivista dopo la guerra, ci ha detto sbrigativo Giancarlo. Per ora Moschina stava benissimo dove stava, a pensione dai contadini che ci ospitavano.

– Il Pratolin dirà a tutti che siete i suoi nipoti rimasti orfani. E tu, Cecilia, devi sembrare di famiglia povera, cerca di rovinare un po' quel tuo bel cappotto blu.

La stessa frase che mi aveva detto Marco il giorno prima... E io che avevo già strappato tre bottoni!

Cosa dovevo fare di più a quel povero cappotto? Ce l'avevano tutti con lui.

Alla fine la contadina mi ha imprestato uno scialletto da metterci sopra, e così hanno finito di criticarmi.

Siamo usciti verso la campagna sul carretto di Pratolin.

Il Pratolin era un omone con i baffi che pareva simpatico a tutti, e tutti parlavano e scherzavano con lui, tedeschi compresi. Il nostro calderaio conosceva le strade alla perfezione, altro che noi. Marco e io eravamo andati anche un po' a casaccio e aiutati dalla fortuna. Anche il Pratolin, come noi, imboccava quasi sempre strade secondarie e del tutto deserte, ma si vedeva che sapeva sempre dove stava andando. Ogni tanto incrociavamo qualche profugo ancora in fuga, ma si trattava solo di una o due persone sparse. Ormai chi era rimasto si era rassegnato a vivere sotto gli austriaci.

A volte ci fermavamo in qualche casolare in mezzo alla campagna e i contadini ci volevano offrire del vino, ma il Pratolin diceva: – I miei nipoti sono troppo giovani per bere il vino – e ci tirava via.

Le ore passavano e la fatica cominciava a pesarci addosso. Il Tagliamento lo abbiamo passato con lui su un ponte di barche senza inconvenienti, tanto il Pratolin era conosciuto dappertutto nella zona.

Al tramonto, stanchi morti, siamo arrivati a un'altra casa di campagna, ma questa volta il Pratolin ci ha lasciati lì. – Dovete dormire – ci ha spiegato indicandoci il solito fieno – perché stanotte verranno a prendervi per l'ultima tappa.

Un contadino ci ha dato del pane e formaggio, e questa era stata senz'altro una buona idea. Non credevo che ci saremmo addormentati a quell'ora, ma non ho fatto nemmeno in tempo a formulare il pensiero che già ero crollata.

Quando mi sono sentita scuotere il braccio, ero nel sonno più profondo.

– Forza! Sveglia... D'ora in poi state zitti – ci ha detto un uomo con un cappello calato sulla fronte che gli nascondeva quasi tutto il viso. – E cercate di non fare il minimo rumore. Questa è l'ora buona perché le sentinelle sono a bere all'osteria, ma ci vuole lo stesso prudenza.

Abbiamo cominciato a camminare nel più assoluto silenzio. Solo una volta mi è rotolato un sasso sotto al piede, ma non era colpa mia. L'uomo col cappello invece si è rivoltato con tanto furore che pareva mi volesse mangiare.

– Lì! – ci ha sibilato dopo un po'. – Scendete verso l'argine. C'è il barcaiolo che vi aspetta.

Il Piave! Allora eravamo arrivati al Piave! Non vedevo

ancora il fiume, ma sentivo il rumoreggiare dell'acqua agitata. Non posso certo dire che quel rumore mi tranquillizzasse.

Ero tanto spaventata che stavo per finire direttamente nel fiume. Sì, perché al momento di salire in barca avevo messo un piede in fallo... A questo punto è stato il barcaiolo, che non avevo ancora nemmeno visto, a riacchiapparmi e a sollevarmi di peso come fossi un salame.

La barca si muoveva a fatica in un punto che mi pareva pieno di canne e altra vegetazione, ogni tanto s'impennava, a volte girava su se stessa mentre il barcaiolo imprecava a bassa voce. Mi sembrava che non sarei mai uscita da quell'incubo.

A un certo punto, però, abbiamo visto sull'altra riva delle lucette che si accendevano e si spegnevano. Poi tutto si è svolto velocissimo. Il tempo di accorgersene e già delle braccia robuste mi avevano issata sull'argine. Ma dall'altra parte...

Eravamo in zona italiana.

Improvvisamente mi è montata dentro una grande emozione e una gioia scatenata.

– Forza ragazzi, il colonnello vi sta aspettando – ha detto una voce nel buio.

Ci hanno caricati su un'auto militare coperta da un telo che si è subito messa in moto, procedendo a fari spenti. In meno di mezz'ora eravamo di fronte al colonnello.

Il colonnello ci è venuto incontro a braccia tese con il viso che non riusciva a nascondere l'emozione.

Per forza.

Era mio padre.

– Ora mi dovete raccontare tutto. Se non fosse arrivato il messaggio di Giancarlo con le vostre notizie, tua madre l'avremmo ritrovata in ospedale – mi ha detto papà guardandomi con aria di rimprovero.

E così abbiamo ricominciato e abbiamo raccontato tutto anche a papà. E lui ci ascoltava emozionato e in certi punti con entusiasmo, proprio come era successo con Giancarlo.

– Siete stati bravissimi e... grazie – e papà ci ha abbracciati tutti e due un'altra volta.

– Quella Orlova non mi è mai piaciuta – ha mormorato come fra sé.

Veramente, papà, mi sembrava che zia Olga, specie nei primi tempi, ti fosse piaciuta eccome, e quella volta che ho provato a parlare male di lei...

Avrei voluto ricordargli queste cose, ma poi ho deciso che era meglio di no. Eravamo così felici!

– Ecco il tuo diario, papà – e ho fatto il gesto di tirare fuori il quaderno dalla sacca.

– No Cecilia, lo devi tenere tu e riportarlo a casa per me. È meglio che questo diario non lo veda nessuno, solo noi della famiglia.

Lo sapevo. Lo sapevo che questo famoso diario scottava le dita a chi lo toccava. Insomma, spettava a me custodirlo fino all'ultimo. Ormai era andata così.

Ma papà, a differenza di Giancarlo, non si è fermato a quella frase.

– Cecilia, – mi ha detto dopo un breve silenzio – se questo diario fosse capitato nelle mani degli austriaci sarebbe stata una cosa molto grave. Su quei fogli c'erano tanti nomi e molti dei segreti su come avveniva il collegamento con i nostri alleati.

Papà continuava a restare assorto nei suoi pensieri.

– Forse ho fatto male a segnare tutti quei dati – ha mormorato – ma pensavo che quel diario sarebbe rimasto per sempre nascosto nel mio cassetto –. Poi ci ha guardati e il viso gli si è di nuovo animato. – Grazie – ha ripetuto.

Due "grazie" a distanza di pochi minuti era davvero il massimo riconoscimento da parte di uno come mio padre.

Poi papà ci ha accompagnato a dormire su due brandine da campo preparate per noi sotto una tenda.

Ho dormito molto bene, quell'ultimo pezzo di notte.

Eravamo in Italia, papà sapeva tutto, a casa ci aspettavano... L'avventura era finita, proprio finita. Forse mi sentivo anche un po' triste, ma in fondo rassicurata.

Il giorno dopo ci hanno portati nella città più vicina e lì ci siamo trovati pigiati su un treno diretto a Verona.

La mamma e Andrea Zanin erano alla stazione ad attenderci.

Novembre 1918

Riprendo il mio diario del 1918 per raccontare brevemente "com'è finita". Che tutto è finito bene, l'avevo già anticipato. L'Italia ha vinto la guerra, Trento e Trieste sono ormai città italiane e noi siamo tornati a casa nostra.

Aveva avuto ragione mio fratello. Dal Piave l'Italia non si era più ritirata. Questa estate gli austriaci ci avevano provato ancora. Volevano attaccare di sorpresa il nostro fronte, proprio lì sul Piave, ma l'esercito italiano, grazie anche alle spie tipo mio fratello Giancarlo, sapeva già tutto e la sorpresa nemica non era riuscita affatto. Anzi, è successo il contrario.

Quando una cosa ti va male, capita che da quel momento tutto cominci ad andare storto… parlo naturalmente degli austriaci. Non solo abbiamo fermato il loro attacco, ma abbiamo cominciato a corrergli

A pochi giorni dalla disfatta di Caporetto, il Regio Esercito si ritira attestandosi dietro la linea del Piave. Incalzate dalle truppe austro-tedesche, nel novembre 1917 le forze italiane oppongono una strenua e tenace resistenza consentendo l'assestamento della propria linea difensiva.

Dopo aver respinto l'ultimo grande assalto nemico sul Piave nel giugno 1918, l'Italia sferrerà la propria decisiva offensiva fra il 24 ottobre e il 4 novembre a Vittorio Veneto, costringendo gli avversari alla resa.

dietro e a riprenderci le terre che avevamo perso pochi mesi prima e anche di più.

Sarà che il nostro esercito era ora molto più organizzato che ai tempi di Caporetto, anche perché il capo non era più il generale Cadorna, ma uno più bravo e simpatico a tutti, il generale Armando Diaz.

Cadorna si era comportato veramente male anche ai tempi della grande sconfitta, perché invece di prendersi la sua responsabilità di capo aveva gettato tutta la colpa sui soldati, dicendo che erano scappati da veri vigliacchi, e queste accuse ingiuste non erano piaciute a nessuno.

L'Italia, avanzando avanzando, si è ripresa, come dicevo, le città perdute, fino a vincere in modo definitivo in una grande battaglia a Vittorio Veneto.

E così le nostre truppe sono entrate a Trento e a Trieste il 3 novembre e l'Austria si è arresa, così come pochi giorni dopo ha fatto anche la Germania.

E noi siamo tornati a casa nostra. Nell'anno di occupazione, nella nostra casa erano venuti ad abitare degli ufficiali tedeschi coi loro soldati che, per scaldarsi, avevano anche bruciato nel camino una panca e le sedie dello studio di papà. Abbiamo trovato molte cose sfasciate e molte non le abbiamo più trovate affatto.

Però non ce la siamo presa più di tanto e abbiamo ricomprato solo le sedie.

Papà è tornato per primo, e sembrava molto commosso quando ha potuto finalmente riabbracciare tutti.

A me è parso più vecchio, insomma, non lo ricordavo così... forse perché ho ricominciato a vederlo senza divisa e i vestiti di prima gli cascavano addosso in un modo un po' buffo.

Giancarlo è arrivato poco dopo,

Comandante del XXIII Corpo d'Armata della III Armata fino alla clamorosa disfatta di Caporetto, l'8 novembre del 1917 il generale Armando Diaz viene designato da re Vittorio Emanuele III alla successione del generale Luigi Cadorna nell'incarico di capo di Stato Maggiore del Regio Esercito italiano. Artefice della vittoriosa controffensiva italiana di Vittorio Veneto tra l'ottobre e il novembre 1918, Diaz verrà nominato maresciallo d'Italia nel 1924 dal nuovo capo del Governo Benito Mussolini.

Incalzando le truppe nemiche in ritirata verso i confini dell'Impero dopo la Battaglia di Vittorio Veneto, il 3 novembre 1918 il Regio Esercito entra a Trento liberata acclamato dalla popolazione. Nelle stesse ore reparti italiani sbarcano a Trieste, insorta già dal 30 ottobre e abbandonata il giorno successivo dagli austriaci. Alle ore 15:00 del 4 novembre, per effetto dell'armistizio firmato alla stessa ora del giorno prima dagli austro-ungarici a Villa Giusti, le operazioni belliche della Prima Guerra Mondiale hanno termine.

tutto trionfante, come se la guerra l'avesse vinta personalmente lui. Però un po' aveva ragione. Gli avevano dato la medaglia di bronzo. Pare che fra le altre cose mio fratello si fosse messo sulle tracce di una certa spia che si aggirava in zona italiana, spacciandosi per una giornalista francese.

Giancarlo era riuscito a raccogliere un gran numero di prove contro di lei, a sventare un suo piano e infine a farla arrestare.

Questa giornalista era per caso la "mia" Orlova? Certo che sì. Ma sono contenta che la medaglia sia andata a mio fratello... In fondo ci ha molto aiutato.

Giancarlo non vivrà più con noi. A lui la guerra è piaciuta molto e ha ottenuto di finire i suoi studi all'Accademia militare di Modena.

All'idea di non averlo più con loro, le ziette si sono un po' rattristate, ma erano così contente di essere ritornate alla loro casa di Udine che si sono consolate presto. Pare che a Verona non si fossero trovate affatto bene e che le loro donne di servizio, Teresa e Maria, si sentissero costrette a litigare dalla mattina alla sera.

Di me e delle mie avventure continuavano a dire: – Povera bambina... per una volta che avrebbe avuto bisogno di noi... E noi non c'eravamo.

A sentire questa frase mi vengono i brividi. Francamente non credo che un qualsiasi tipo d'intervento delle zie in quella intricata vicenda avrebbe semplificato le cose.

La mamma invece, ricordandosi dello spavento che le avevo fatto prendere, ogni tanto mi abbraccia. Poi mi dice sospirando che va bene... d'accordo... la Orlova sarà pure stata una spia, ma nessuno le toglierà dalla testa che io fossi pazzamente gelosa della sua amicizia con lei.

Siglato il 3 novembre 1918 nella residenza padovana del Conte Vettor Giusti del Giardino sede del Comando dell'esercito italiano, l'armistizio di Villa Giusti sancisce la fine delle ostilità fra Italia e Austria-Ungheria.

L'11 novembre, dopo una settimana, il maresciallo di Francia Ferdinand Foch riceve a Compiègne (nella campagna di Rethondes) la delegazione tedesca guidata dal segretario di Stato Matthias Enzberger per la firma della resa della Germania.

Antonietta non fa che rimproverarmi di aver perduto i bottoni di velluto del mio cappotto blu. Quando li avevo staccati, ricordo benissimo di averli messi in tasca, ma in tutto quel trambusto è naturale che li avessi perduti. Ma Antonietta non mi vuole nemmeno sentire e continua a dire che mia sorella Emanuela sa comportarsi molto meglio di me e lei sì diventerà una vera signora.

E Moschina? Quando Andrea Zanin e Marco sono andati a riprenderla, l'hanno trovata gravida e prossima al parto. E così hanno dovuto lasciarla lì. Forse i contadini invece di Moschina ci daranno il puledrino, tanto Moschina sembra proprio felice da loro, magari perché ha trovato un marito, e quando ha visto Marco non ha mostrato un eccessivo entusiasmo.

A papà, al contrario di suo figlio, la guerra non è piaciuta. Papà, oltre che magro, è spesso triste e non fa che parlarci del cugino Lawrence, che lui amava molto, del figlio del Pinin e di tutti quegli altri ragazzi che avevano combattuto sotto il suo comando. Ne ha visti morire tanti, di quei ragazzi, e della loro morte si sente in qualche modo colpevole.

Quando è di questo umore, papà se ne va nello studio, prende il suo diario e comincia a lavorarci sopra, riscrivendo lunghi pezzi.

La mamma è sicura che papà diventerà celebre

come quello scrittore russo di cui parlava la Orlova. Be', quel diario alla fine a qualcosa sarà servito... abbiamo fatto bene ad andare a riprendercelo.

Ogni tanto Marco e io parliamo ancora della nostra avventura quando andiamo a passeggiare sul "sentiero Battista".

Poi arriviamo di corsa fino al laghetto e facciamo la gara a chi riesce a far fare più salti ai sassi tirati di piatto.

Negli anni della Prima Guerra Mondiale psichiatria e scienza medica compiono molti passi avanti nell'indagine degli impatti psicologici della guerra sui combattenti. Vengono in tal modo definite le cosiddette "psicopatologie di guerra": nevrosi, depressione e senso di alienazione sono i sintomi più comuni ai molti casi presi in esame dagli studiosi.

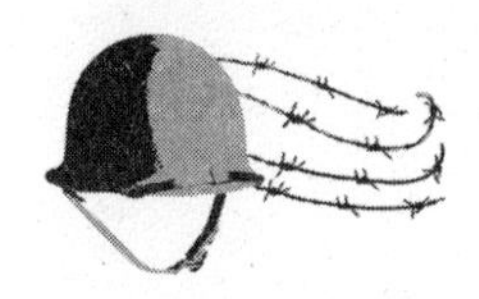

Tra gli ufficiali si manifestano poi forme depressive legate alla pesante responsabilità per la morte di subalterni inutilmente esposti al fuoco nemico.

Nota storica

di Luciano Tas

Perché la guerra durata dal 1914 al 1918 si è chiamata "mondiale"?

È molto semplice, perché è la prima volta nella storia che a una guerra partecipano Paesi dei cinque continenti (Europa, Africa, America, Asia, Oceania), dalla Gran Bretagna alla Russia, dalla Francia al Giappone, dall'Italia al Sudafrica, dalla Romania alla Turchia, dal Belgio agli Stati Uniti. E tanti altri ancora.

Perché è scoppiata?

Le cause che nel 1914 hanno condotto alla Prima Guerra Mondiale, finita nel 1918, sono diverse e complicate.

In primo luogo il progressivo disfacimento, iniziato quasi cento anni prima, di due imperi, quello austro-ungarico e quello ottomano, cioè turco. Per l'Impero austro-ungarico si tratta della difficile convivenza di tante popolazioni diverse: germaniche, slave, ungheresi, rumene, italiane. L'Impero ottomano, che si estende dall'Europa sud-orientale a tutta la sponda meridionale del Mediterraneo, deve anche affrontare la rinascita di un nazionalismo arabo.

Poi: la concorrenza tra Gran Bretagna e Germania per il dominio dei mari e la tensione tra Francia e Germania per due regioni di confine, l'Alsazia e la Lorena, che nella guerra del 1870 la Germania aveva strappato alla Francia.

Infine la rivalità tra Austria e Russia per i Balcani, la regione europea che oggi comprende tra l'altro Serbia, Croazia, Slovenia, Macedonia.

1914: la causa scatenante

Il 28 giugno del 1914 a Sarajevo l'arciduca Francesco Ferdinando d'Asburgo, fratello dell'imperatore Francesco Giuseppe ed erede al trono austro-ungarico, è assassinato da Gavrilo Princip, uno studente serbo ma di nazionalità austriaca. L'Austria, istigata dalla Germania, il 28 luglio invade la Serbia, ritenuta mandante dell'omicidio.

1914: come reagiscono gli altri Stati europei

La Russia mobilita il suo esercito il 29 luglio e la Germania, che ritiene provocatoria quella mobilitazione, le dichiara guerra il 1° agosto. Il 3 agosto la Germania dichiara guerra alla Francia e il giorno dopo invade il Belgio.

Il 5 agosto è la Gran Bretagna a dichiarare guerra alla Germania e l'Austria alla Russia. Lo stesso giorno la Serbia dichiara guerra alla Germania.

Il 20 agosto le forze tedesche occupano Bruxelles, capitale del Belgio. Tre giorni più tardi il Giappone dichiara guerra alla Germania.

Il 29 ottobre è la Turchia a schierarsi a fianco di Austria e Germania, dette "gli Imperi Centrali".

I primi mesi di guerra

Le sorti del conflitto sembrano volgere a favore della Germania. Il 3 settembre le truppe tedesche costringono gli Alleati (Francia e Gran Bretagna) a una grande ritirata, penetrando profondamente in Francia e minacciando da vicino Parigi.

Tra il 6 e il 12 settembre i francesi contrattaccano e alla fine respingono i tedeschi dopo durissime battaglie sul fiume Marna. In questi pochi giorni le perdite dei combattenti di entrambe le parti ammontano tra morti, feriti e dispersi, a 550.000 uomini.

Con queste battaglie finisce la guerra-lampo (*blitzkrieg*) e incomincia la logorante e sanguinosa guerra di posizione, detta anche di trincea. Le trincee sono lunghi corridoi che offrono una certa protezione ai soldati, costretti tuttavia a vivere nel fango, al freddo e tra i pidocchi. Ogni tanto ai soldati delle due parti viene dato l'ordine di attaccare. Le avanzate e le ritirate sono spesso limitate a poche centinaia di metri, ma le perdite sono enormi. Il fronte, dal Mare del Nord ai Vosgi, è lungo 780 chilometri, come da Napoli a Udine.

E intanto l'Italia...

Alla vigilia della Prima Guerra Mondiale l'Italia è legata all'Austria e alla Germania da una *Triplice Alleanza*; quella tra Francia e Gran Bretagna si chiama *Intesa*.

Allo scoppio del conflitto l'Italia si proclama neutrale perché sono state l'Austria e la Germania a incominciare la guerra e non a essere aggredite.

Nel nostro Paese una minoranza molto rumorosa vorrebbe la partecipazione italiana alla guerra.

Lo scopo degli interventisti (così si chiamavano quelli che si battevano perché l'Italia entrasse in guerra) era di recuperare comunque (con o contro l'Austria) terre italiane come Trento e Trieste.

Quelli contro la guerra si chiamavano neutralisti, perché sostenevano che con la neutralità avremmo ottenuto lo stesso quello che volevamo.

Il più illustre rappresentante degli interventisti è l'acclamato poeta Gabriele D'Annunzio.

Il 1915, per l'Italia la vigilia

Tra gennaio e marzo del 1915 i negoziati tra Austria e Italia falliscono e il 26 aprile del 1915 l'Italia firma il Patto di Londra, che in pratica impegna il nostro Paese a schierarsi contro Austria e Germania.

Il 5 maggio Gabriele D'Annunzio tiene un discorso a Quarto dei Mille (Genova) per ricordare l'impresa di Garibaldi, che da lì era partito per sbarcare in Sicilia. Rivolgendosi agli studenti dice, riferendosi alla guerra ormai imminente: *Partite, apparecchiatevi, voi siete le faville impetuose del sacro incendio. Appiccate il fuoco!*

Il 23 maggio 1915 l'Italia dichiara guerra all'Austria.

1915, primo anno di guerra per l'Italia

Il passaggio del confine italo-austriaco avviene il 24 maggio. La I Divisione di Cavalleria muove da Palmanova verso Pieris e va a occupare i ponti sull'Isonzo. Il IV Corpo della II Armata occupa Caporetto, la IV Armata la conca di Cortina d'Ampezzo, la I il Monte Pasubio e le posizioni che dominano la sella del Tonale e il Monte Scorluzzo presso lo Stelvio.

1915: sugli altri fronti (e per la prima volta i gas asfissianti)

Sul fronte orientale, il 22 febbraio del 1915, i russi patiscono una grave sconfitta, dopo alcuni successi iniziali, nella Battaglia dei Laghi Masuri, a nord di Varsavia.

Sul fronte occidentale per la prima volta i tedeschi usano (22 aprile 1915) i gas asfissianti. Dal nome della località belga (Ypres) dove viene lanciato, questo gas prenderà il nome di iprite.

Intanto la Serbia viene travolta dagli austriaci. 130.000 soldati serbi in rotta vengono raccolti dalla flotta italiana e portati in salvo a Corfù.

La guerra si allarga. Con la Germania e l'Austria, oltre alla Turchia, si schiera la Bulgaria, con gli Alleati il Montenegro.

1916, anno di grandi battaglie

Il 21 febbraio una grande offensiva tedesca a Verdun, sul fronte francese, costa agli opposti eserciti quasi un milione di morti, ma infine fallisce.

Il 15 maggio grande offensiva austriaca, chiamata *Strafexpedition*, cioè "spedizione punitiva", contro l'Italia sugli altipiani trentini.

Gli austriaci sfondano nel settore di Asiago, ma sono fermati sul Pasubio e nella Valsugana. Gravissime le perdite italiane e austriache.

Il 31 maggio battaglia navale tra le flotte britannica e tedesca nello Jutland, al largo della Danimarca.

1916: Cesare Battisti impiccato a Trento

Il 12 luglio vengono impiccati in Austria Cesare Battisti, nato a Trento, e Fabio Filzi, istriano.

I due, nati in Austria e quindi austriaci, ma italiani di sentimenti, si erano arruolati nell'esercito italiano e con questa divisa erano stati catturati.

La Corte Marziale austriaca li aveva condannati per alto tradimento.

Il 6 agosto muore in combattimento Enrico Toti, che si era arruolato volontario benché privo di una gamba. Colpito a morte ha ancora la forza di lanciare la sua stampella contro il nemico. Medaglia d'oro.

28 agosto. L'Italia dichiara guerra alla Germania.

1916: muore l'imperatore austriaco

15 settembre. Per la prima volta nella storia vengono usati i carri armati. Li adoperano gli inglesi in Francia.

Il 21 novembre muore il vecchio imperatore austriaco Francesco Giuseppe (aveva sposato "Sissi", morta tragicamente molti anni prima). Gli succede il figlio Carlo I.

La guerra fa nascere molte canzoni, quasi sempre molto tristi. Si chiamano *Bombardano Cortina*,

Sul ponte di Bassano, Di qua di là del Piave, Dove sei stato, mio bell'alpino. Sono spesso canzoni in dialetto.

1917, inquietudini, ammutinamenti, rivoluzione in Russia. Gli USA in guerra

Il 3 febbraio gli Stati Uniti rompono le relazioni diplomatiche con la Germania.

Marzo. La guerra va male per la Russia, che era entrata nel conflitto impreparata. I soldati si ribellano, la popolazione protesta per le condizioni di vita sempre più difficili. Sommosse in tutto il Paese. Infine lo zar Nicola abdica e si forma un governo provvisorio.

Il 6 aprile, un venerdì santo, gli Stati Uniti dichiarano guerra alla Germania.

Il 26 giugno, mentre le forze anglo-francesi sono provate dalle incessanti battaglie e dalla tormentosa guerra di trincea, sbarcano in Francia, accolte trionfalmente, le avanguardie americane.

Guerra di spie

Spie. Il 15 ottobre i francesi fucilano Mata Hari, la bellissima danzatrice olandese accusata di spionaggio a favore della Germania. Da noi la "guerra di spie" si accenderà specialmente dopo la disfatta di Caporetto, quando un vasto territorio italiano verrà occupato dai tedeschi e dagli austriaci. Nostri ufficiali che parlano perfettamente il tedesco sono inviati al di là delle linee e risultano preziosi per la nostra controffensiva.

La rotta di Caporetto

Caporetto. Il 24 ottobre le truppe austro-tedesche attaccano in forze tra Plezzo e Tolmino. Sfondano sulla Bainsizza e travolgono il fronte centrale tenuto dalla II Armata. La rotta della II Armata determina l'arretramento anche disordinato della III e delle altre Armate. Nel pomeriggio del 27 ottobre il nostro Comando Supremo si trasferisce da Udine a Treviso. Si dimette il presidente del Consiglio Boselli. Il re conferisce l'incarico a Vittorio Emanuele Orlando. Rimosso dal comando il generale Cadorna, lo sostituisce il generale Armando Diaz.

Per la rotta della II Armata si attuano crudeli decimazioni tra i soldati, accusati di "viltà di fronte al nemico". La decimazione consiste nel prendere a caso un soldato ogni dieci e fucilarlo.

Il 9 novembre le nostre truppe si assestano sul Piave. Pochi giorni dopo giungono in prima linea rinforzi francesi (tre divisioni) e britannici (due divisioni).

Tra il 16 e il 26 novembre la famosa divisione austriaca Edelweiss è annientata a Col Beretta.

Russia, la Rivoluzione Bolscevica

Scoppia in Russia la Rivoluzione Bolscevica. Il 7 novembre è abbattuto il governo provvisorio e viene proclamata la repubblica socialista federativa dei soviet (*soviet* vuol dire "consiglio", che può essere comunale, regionale o di fabbrica). Poco dopo la Russia si arrende alla Germania ed esce dal conflitto.

La beffa di Buccari

Il 10 febbraio tre MAS (motoscafo armato silurante), al comando di Costanzo Ciano (padre di Galeazzo, futuro genero e ministro di Mussolini), con Luigi Rizzo e Gabriele D'Annunzio, vìolano il porto croato di Bakar (Buccari), nell'insenatura del golfo di Rijeka (Fiume) e lanciano siluri contro navi austriache. L'impresa, celebrata in versi da D'Annunzio, sarà conosciuta come la "beffa di Buccari".

1918, la fine

Il 21 marzo ha inizio in Francia, ad Arras, un'altra grande offensiva tedesca. Le cannonate del Parisgeschütz, il cannone tedesco da 210 millimetri, erano arrivate fin dentro Parigi già dal 12 marzo. Per ore e ore migliaia di colpi vengono lanciati su tutto il fronte d'attacco, insieme ai gas asfissianti. Ma i tedeschi vengono fermati e cominciano ad arretrare.

Alla fine di maggio ultima offensiva austro-tedesca contro di noi. Si chiama "battaglia del solstizio", perché lo scontro avviene qualche giorno prima del 21 giugno.

La controffensiva italiana si sviluppa vittoriosamente e il 23 giugno il comandante in capo generale Armando Diaz poteva annunciare in un bollettino di guerra che *dal Montello al mare il nemico, sconfitto e incalzato dalle nostre valorose truppe, ripassa in disordine il Piave.*

La Germania è alle corde. Alla Battaglia di Bligny, fronte francese, partecipa vittoriosamente il II Corpo d'Armata italiano.

L'8 agosto le armate britanniche sfondano le linee tedesche ad Amiens. Da questo momento francesi e inglesi avanzano senza sosta di fronte a un nemico disfatto.

La Battaglia di Vittorio Veneto

Il 24 ottobre ha inizio la Battaglia di Vittorio Veneto. L'avanzata è inarrestabile. Il 1° novembre è raggiunta una linea che da oltre Belluno passa per Longarone, vicino a Spilimbergo e Portogruaro. Udine è liberata.

Il 3 novembre sono raggiunte e liberate Trento, Glorenza (Stelvio), Caldaro, Fiera di Primiero, Pieve di Cadore, Tolmezzo, Tolmino e infine Gorizia e

Trieste. Vengono raggiunti i confini del Brennero e del Monte Nevoso.

Il 3 novembre l'Austria si arrende. L'armistizio è sottoscritto lo stesso giorno alle ore 15.00 a Villa Giusti, nei pressi di Padova.

L'11 novembre si arrende anche la Germania. Alle 06.00 cessano le ostilità sul fronte occidentale.

Il prezzo della Prima Guerra Mondiale

La Prima Guerra Mondiale è finita. Vi hanno partecipato quasi 66 milioni di soldati. Ne sono morti almeno nove milioni, uno su sette.

L'Italia, che nel 1918 conta poco più di 37 milioni di abitanti, piange 650.000 morti. I feriti e mutilati sono oltre un milione. Due milioni sono i morti tedeschi, un milione e mezzo quelli austriaci. I francesi hanno perduto un milione e 400.000 uomini, i russi un milione e 700.000, gli inglesi 734.000, i serbi 365.000, 250.000 i rumeni. 110.000 sono i morti americani, 60.000 quelli australiani, 50.000 i canadesi, 40.000 i belgi.

Indice

Introduzione di Paolo Colombo 5

Prima parte 15
2 maggio 1915 17
7 maggio 1915 25
8 maggio 1915 33
14 maggio 1915 45
22 maggio 1915 55
27 maggio 1915 67
25 giugno 1915 79
8 luglio 1915 85
10 agosto 1915 97
22 ottobre 1915 103
9 novembre 1915 107
3 gennaio 1916 113
4 febbraio 1916 119
20 marzo 1916 125

3 maggio 1916 ... 127
30 maggio 1916 ... 131
29 giugno 1916 ... 133
18 luglio 1916 ... 139
28 agosto 1916 ... 145
3 dicembre 1916 ... 149

Seconda parte ... 151
4 novembre 1918 ... 153
Il mio 1917 ... 155
Novembre 1918 ... 207

Nota storica di Luciano Tas ... 215

Chi è Lia Levi?

Quando ero piccola leggevo talmente tanti libri che mi è venuta un'idea: «Quasi quasi ne scrivo uno anche io» mi sono detta. Ho capito però che era meglio rimandare il progetto a un'età un po' più "cresciuta", ma per essere sicura di non dimenticarlo ho scritto una lettera a me stessa grande. Insomma, mi sono fatta una raccomandazione: «Non dimenticare» mi dicevo «che dovrai fare la scrittrice». Questa lettera la conservo ancora.

Invece per un po' me la sono dimenticata. C'era la guerra, e io come bambina ebrea ho vissuto l'esperienza delle persecuzioni contro gli ebrei, prima con il fascismo, che mi ha cacciata da scuola, poi con l'arrivo dei tedeschi in Italia e il pericolo di essere arrestata e portata via. Mi sono salvata con le mie due sorelle più piccole in un collegio di suore, e anche i miei genitori, per fortuna, si sono salvati.

Quando la guerra è finita e tutto è tornato normale, ho proseguito gli studi, finalmente in una scuola pubblica. Una volta all'università mi sono laureata in Filosofia.

Come lavoro ho scelto il giornalismo. Si trattava sempre di scrittura, ma di una scrittura ben diversa, sempre in mezzo alla gente e ai fatti che accadevano.

Lia (la prima a destra) a otto anni con le sorelle

È stato divertente, ma il desiderio di provare con un romanzo l'avevo sempre dentro.
Finalmente un giorno, quando ero già abbastanza avanti con gli anni, ci ho provato. Come? Scrivendo proprio tutta la storia di quello che mi era capitato da bambina con la guerra e tutto il resto. Questa storia è piaciuta e l'hanno letta tante persone. Non era nato come libro per ragazzi ma lo è diventato da solo, dato che si è diffuso molto nelle scuole.

Lia Levi

È stato così che ho cominciato a fare tanti incontri con gli studenti che lo avevano letto, e a discuterne con loro. È stato molto bello. Per questo ho deciso di continuare. Accanto ai libri per adulti ho cominciato a scrivere quelli destinati a bambini e ragazzi, e da allora non ho più smesso.
Il giornalismo l'ho proprio messo da parte e devo dire che non lo rimpiango. Scrivere libri è molto più emozionante. Avevo avuto ragione da bambina.

Lia Levi

Ti è piaciuto questo libro?
Allora puoi leggere anche:

Łukasz Wierzbicki

Nonno e l'orsetto

Cosa può succedere se durante la Seconda Guerra Mondiale due soldati polacchi trovano un orsetto? Che il cucciolo entra a far parte del battaglione, naturalmente! Questa è la sorprendente storia vera del lungo viaggio che l'orso Wojtek fece con l'esercito polacco, arrivando fino in Italia dalla lontana Persia.

Della stessa autrice puoi leggere anche:

Lia Levi
Io ci sarò

Riccardo, un ragazzino ebreo, è costretto a partire da solo e attraversare l'Italia occupata dai nazisti per raggiungere la sorella Lisetta a Roma. Durante il suo viaggio incontrerà mille difficoltà… Alla fine saranno i partigiani ad aiutarlo a mantenere la promessa fatta a Lisetta.

Lia Levi

La ragazza della foto

Federica non crede ai suoi occhi: tra le fotografie della mostra organizzata per celebrare la liberazione di Roma dai tedeschi nel 1944, c'è il ritratto di una ragazzina identica a lei! Quale mistero si nasconde dietro la foto? Ben presto Federica scoprirà qualcosa che la riguarda molto da vicino...

Lia Levi

Un cuore da Leone

Leo ha un segreto che i suoi amici non devono sapere: in realtà si chiama Leone, ma si vergogna di quel nome e ha deciso di abbreviarlo. Una notte, però, fuggendo dai tedeschi che cercano gli ebrei, Leo scopre che il suo nome gli sta a pennello, perché dimostrerà di avere un vero "cuore da leone"…

DP 0155776807
CECILIA VA AL
LA GUERRA
I EDIZIONE
LEVI LIA
EDIZIONI PIEM
PIEMME EDIZ.